Kay Dohnke

Max und Kasper aus Affendorf

Kay Dohnke

Max und Kasper aus Affendorf

Geschichten von Freundschaft
und Zusammenhalten,
klein sein und groß sein
und all so Sachen

*Mit Illustrationen
von
Jan Bauer*

Tula Media

1. Auflage Herbst 2019

Postfach 1171, 29452 Hitzacker
www.tulamedia.de
ISBN 978-3-948579-00-5

Herstellung, Satz und Gestaltung: Eberhard Delius, Berlin
Illustrationen und Umschlaggestaltung: Jan Bauer, Hamburg
Druck & Bindung: Beltz Grafische Betriebe, Bad Langensalza

Dieses Buch wurde zu 100 % klimaneutral produziert.

Inhalt

Immer schneller, immer doller, oder: Maxens Roller-Missgeschick

Vorlesezeit: ca. 15 Minuten

Am liebsten ist Max auf seinem Roller unterwegs. Durch alle Straßen von Affendorf flitzt er, dass ihm der Wind nur so um die Ohren pfeift. Und nie überholt ihn jemand. Vielleicht ist er sogar der schnellste Rollerer von ganz Affendorf – wer weiß. Nur der Picobello, der ist auch ganz fix unterwegs.

Auch heute fährt Max wieder auf seinem Roller. Als er voller Schwung durch die Straßen saust, hört er plötzlich lautes Atmen neben sich. Er schaut nach rechts – und sieht, ganz dicht neben seinem Kopf, große Zähne und eine lange Zunge. Hui, bekommt er einen dollen Schrecken und bremst: An seiner Seite läuft ein großes graues Hundemädchen.

Als Max anhält, bleibt auch die Hündin stehen.

»Du bist aber schnell!«, sagt sie zu Max.

»Jjj – ja …«, antwortet Max zaghaft.

»Ich renne so gern schnell, aber ich finde niemanden, mit dem man so toll flitzen kann!«, sagt das Hundemädchen und setzt sich neben den kleinen Stoffaffen.

»Www – wer bist du denn?«, fragt Max.

»Ich heiße Krötine«, antwortet die Hündin. »Na gut, eigentlich Josephine – Josephine von Rennewitz. Denn alle in unserer Familie rennen so gern.«

»Josephine«, sagt Max, »du scheinst ja ganz nett zu sein. Was bist du denn für ein Hund?«

»Unsere Art nennt man indische Silberfüchse. Die gibt es nur ganz, ganz selten«, antwortet die Hündin und lacht Max fröhlich an.

»Aber – Josephine … das klingt irgendwie nach einem artigen Mädchen, das sich beim Spielen nicht schmutzig machen darf«, meint Max. Dann schaut er die Hündin noch einmal von oben bis unten genau an. ›Die sieht aber so aus, als könne man mit ihr durch dick und dünn gehen‹, denkt er.

»Ach, **das** wäre mir doch viiiel zu langweilig!«, sagt die Hündin und hebt ihre Pfote. »Meine Freunde nennen mich auch lieber Krötine, denn ich kann ganz schön krötig sein. Und ich mache für mein Leben gern dummes Zeug – wenn ich nicht grad' irgendwo hinrenne. Und wer bist du?«

»Ich heiße Max. Na gut, … eigentlich Maximilian Kunibert Käferbein.«

»Maximilian«, sagt Krötine, »bedeutet das denn nicht der Große?«

»Hm – ja«, gibt Max zögerlich zu. »Meine Eltern dachten, ich würde ein ganz großer brauner Stoffaffe werden. Aber ich bin dann doch nur … ein kleiner Affe geblieben …«

»Ein Minimilian?«, fragt Krötine. Doch da sieht sie, wie Max ein trauriges Gesicht macht. »Ach«, sagt sie schnell, »das ist doch ganz egal, ob wir klein oder groß sind. Ich kenne viele Große, aber keiner von denen kann so schnell rollern wie du!«

»Wirklich nicht?«, fragt Max, und sein kleines Gesicht sieht wieder ganz fröhlich aus.

»Nö. Keiner.«

Max strahlt über das ganze Gesicht.

»Aber sag' mal, Max«, meint Krötine dann, »kann ich dich mal … was … fragen?«

»Was denn?«

»Ihr Affen seht alle irgendwie so – na, so – abgenudelt aus: Mal ist das Fell abgescheuert, mal sitzt ein Flicken auf der Jacke. Der Palmenhein hat einen Riss in seinem Glasauge, und bei Picobello schaut ein Draht aus der Hand. Wie kommt das denn?«

»Na, Krötine, das ist doch ganz einfach!«, erklärt Max. »Wir Affen stammen nämlich alle aus dem Müll! Eigentlich sind Stoffaffen ja Kinderspielzeug. Aber wenn die Kinder groß werden und nicht mehr mit uns spielen, werfen die Eltern uns irgendwann weg. Ein paar von uns sind abgehauen und haben hier in Affendorf die ersten Häuschen gebaut, schon vor langen Jahren. Und nun ziehen wir nachts regelmäßig durch die Städte der Menschen und schauen in den Mülltonnen nach, ob wir da Kollegen oder andere Stofftiere retten können.«

»Toll!«, ruft Krötine begeistert. »Und – könnt ihr?«, fragt sie ganz aufgeregt.

»Klaaar!«, sagt Max ganz stolz. »Wer ramponiert oder zerfleddert ist, kommt zuerst ins Käferkrankenhaus und wird wieder zusammengeflickt. Und alle müssen erst mal gewaschen werden – hui, was meinst du, wie man stinkt, wenn man in einer Mülltonne gelegen hat!«

»Iiiih«, verzieht Krötine ihre Nase, »das kann ich mir sehr, sehr gut vorstellen … wir Hunde schnuppern ja gern an stinkigen Sachen herum.« Dann hält sie ihre große Nase dicht an Max. »Aber du riechst gar nicht oll.«

Max muss grinsen – gut, dass er sich heute morgen gewaschen hat. Das tut er nicht immer so gern, und wenn in seinem Baumhäuschen mal kein Wasser aus der Leitung kommt, findet er das gar nicht schlimm.

Nach einer Weile haben die beiden wieder Lust zu flitzen.

»Komm, wir probieren gleich noch mal aus, wer von uns schneller ist«, ruft Krötine. »Los, um die Wette! Stell' dich auf deinen Roller und halte dich gut fest!«

Mit ihrem Kopf schiebt die große Hündin den kleinen Affen auf seinem Roller an, bis er ganz schnell rollt. Dann flitzt sie neben ihm her. Wer genau hinschaut, sieht ein Lächeln in ihrem Gesicht. Natürlich könnte sie noch viel, viel schneller rennen, als Max rollern kann. Aber sie möchte, dass er sich freut – und lässt ihn gewinnen.

Max rollert und rollert flink wie der Wind und guckt immer wieder über seine Schulter, ob Krötine ihn wohl doch noch einholt. Nee, beide sind gleich schnell. Doch dann bleibt sie plötzlich zurück. Max hält an und schaut sich um. Die Hündin sitzt am Rand des Weges und fährt sich immer wieder mit der Pfote über die Nase.

Max rollert schnell zu ihr zurück. »Was ist los?«, fragt er. Und da sieht er, dass Krötine weint.

»Aua, meine Nase!«, jammert sie. ›Aber Krötine ist doch gar nicht hingefallen‹, wundert sich Max. Schnell schaut der kleine Affe den großen Hundekopf genau an. Und da sieht er einen Stachel, der in ihrer Nase steckt.

»Eine Biene! Eine Biene hat dich gestochen!«, ruft er ganz aufgeregt. »Warte, ich helfe dir!« Ganz vorsichtig zieht Max

mit seinen kleinen Fingern den Stachel aus Krötines Nase. »Mein Häuschen ist gleich um die Ecke. Bleib' hier mal sitzen, ich hole eben was!«, ruft er dann und rollert blitzschnell los. Daheim turnt er geschwind die Leiter hoch. In der Küche greift er einen Topf mit Bananenmus – »Hm, lecker, lecker – aber du wirst jetzt für etwas anderes gebraucht!« – und rollert damit so schnell er kann zu seiner Freundin zurück.

Krötine winselt noch immer leise vor sich hin. Da tupft Max den Bienenstich ganz vorsichtig mit Bananenmus ein. »Das hat auch meine Oma bei mir gemacht, wenn ich als kleiner Affenjunge mal gestochen wurde«, sagt er. »Das hilft!«

Und tatsächlich: Schon einen Augenblick später fühlt Krötine sich besser. »Aber du darfst heute nicht mehr rennen«, meint Max. Und da fällt ihm ein, was sein Freund Kasper mal zu ihm gesagt hat: »Das ist gefährlich, wenn man gestochen worden ist!«

»Nein, ich werde mal lieber langsam laufen«, meint die Hündin. Dann sagt sie »Danke, lieber Max!« und schleckt ihm blitzschnell das Gesicht ab.

Max denkt nur ›Örks!‹, aber er weiß, dass Hunde auf diese Art Danke sagen.

Als Max abends in seinem kleinen Bett liegt, denkt er noch einmal über die Rollerei und seine flinke Hundefreundin nach. Was aber, überlegt er, wenn sein Affenfreund Picobello doch schneller rollern kann als er? Der hat ja einen blitzeblanken, niegelnagelneuen Roller, und der Roller von Max ist doch nur eine alte Gurke. Dann wird Krötine vielleicht nicht mehr mit ihm rennen wollen, sondern mit Picobello. ›Nein, das geht nicht!‹, denkt Max, ›Krötine ist sooo nett!‹ Er will seine neue Freundin unbedingt behalten. ›Aber wie mache ich das nur?‹ Er grübelt und grübelt und wirft sich in seinem Bett von der einen Seite auf die andere. ›Ganz einfach‹, fällt es ihm dann ein, ›ich muss noch schneller werden – der schnellste Rollerer in ganz Affendorf!‹

Und wie wird man das? Na klar – durch üben. Also wird er gleich morgen den ganzen Tag lang üben. Und üben und üben und üben. Und wenn er damit fertig ist – weiterüben. ›Das wäre doch gelacht, Picobello!‹, denkt er noch. ›Gegen mich gewinnst du nicht!‹

Und so flitzt Max am nächsten Tag ohne Pause auf seinem Roller durch die Straßen, dass die anderen Affen staunen. ›Ich glaube, ich bin schon doll was schneller geworden‹, freut er sich. Und singt sein Rollerlied:

»Immer fixer, immer doller,
fahre ich auf meinem Roller!

Immer schneller, immer doller,
sause ich auf meinem Roller!

Immer flinker, immer doller,
flitze ich auf meinem Roller!«

Huiiii!, macht das Spaß. Und es geht auch so schön bergab – da muss er gar keinen Schwung geben, der Roller rollt von allein.

›Toll‹, denkt Max, ›der Roller rollt von ganz allein.‹

»Oh nee!«, sagt er dann zu sich selbst, »der Roller rollt ja ganz von allein!!!«

»Ojemineh, ojemineh«, ruft Max dann ganz laut, »da kommt ja die Kurve …« Er versucht noch mit seinem kleinen Fuß zu bremsen, aber zu spät – der Roller saust mit ihm geradeaus vom Weg herunter, knallt auf einen Stein und purzelt ins Gebüsch. Und Max mit ihm.

Zuerst weiß Max gar nicht, wo er ist. Aber dann spürt er, dass ihm alles wehtut – der Kopf, den er sich angestoßen hat. Der linke Arm. Das rechte Knie. Ja, besonders das rechte Knie. Und sein schöner Roller – wie sieht der nur aus? Das vordere Schutzblech ist ganz verbeult und zerkratzt, der kleine Sitz hat einen Riss, und im Vorderrad ist keine Luft mehr. Tränen steigen ihm in die Augen, er weiß gar nicht, ob er vor Wut weinen soll oder weil es doch arg schmerzt.

Vorsichtig rappelt Max sich auf. Er nimmt seinen Roller und schiebt ihn mit hängendem Kopf nach Hause, den steilen Berg hinauf. Bei jedem Schritt tut ihm doll das Knie weh.

Niemand sieht den kleinen Kerl, wie er nach Hause schleicht – und niemand soll ihn sehen, denn es ist Max peinlich, dass er gestürzt ist. Wo doch alle Affen denken sollen, der Max, der ist der schnellste Rollerer in ganz Affendorf.

Mit Mühe klettert Max zu seinem Baumhäuschen hinauf, so schmerzt ihn das Knie. Und als er in den Spiegel guckt, sieht er auf seiner Stirn eine große Beule. Er wickelt sich ein nasses kaltes Tuch um den Kopf und legt sich gleich in sein kleines Bett.

Da bimmelt seine Glocke – jemand will Max besuchen. Aber der liegt ganz still in seinem Bett und rührt sich nicht. ›Ich tue einfach so, als wäre ich nicht da‹, denkt er.

Doch dann klopft es an der Tür, und Max kann erkennen, wie Kasper durch das kleine Fenster hineinschaut. »Max, Max, bist du daheim? Mach doch auf!«, ruft er.

»Nein, ich bin nicht da!«, antwortet Max. Und denkt: ›Wie doof! Jetzt weiß Kasper ja, dass ich doch zu Hause bin.‹

Langsam humpelt Max zur Tür. »Komm rein, Kasper«, sagt er, »aber das bleibt unser Geheimnis!«

»Was – bleibt unser Geheimnis?«, will Kasper gerade fragen, doch da sieht er Maxens Verband. »Oje oje, wie siehst **du** denn aus? Was ist passiert?«

Max rollt eine Träne über die Wange. »Mein Roller … bergab … die Kurve … mein Knie!«, stammelt er. »Picobello darf nicht schneller sein!«

Zuallererst legt Kasper seinem Freund einen Wickel aus Bananenmus auf Knie und Kopf. »Was übrig ist«, sagt er zu Max, »kannst du gleich aufessen.« Der erzählt dann von seinem Roller-Missgeschick. Aber es dauert eine ganze Weile, bis Kasper verstanden hat, was es mit Picobello, Krötine und der ganzen Rollerei auf sich hat.

Als Max einschläft, klettert Kasper wieder runter zur Straße. Da steht plötzlich eine große graue Hündin vor ihm.

»Wohnt hier Max, der braune Affe?«, fragt sie.

»Ja, da oben im Baumhäuschen.«

»Ich bin seine neue Freundin Krötine. Wir flitzen immer zusammen durch die Straßen. Und dazu will ich ihn jetzt abholen. Ist er denn da?«

»Von dir hat Max mir schon erzählt. Du sollst ja wirklich eine flitze-piepe-flinke Hündin sein«, meint Kasper. »Aber heute könnt ihr nicht mehr flitzen – Max ist ... ähh ... müde und ... schläft schon!«

›Komisch‹, denkt Krötine, ›es ist doch noch gar nicht spät ...‹ Und dann sieht sie, wie Kasper im Garten zu Maxens Schuppen geht und den kaputten Roller herausholt.

»Ist was passiert?«, fragt sie erschrocken.

»Hmm ... nnn ... äh ... jjj-a«, druckst Kasper herum. Der kaputte Roller hat das Geheimnis schon verraten. »Max hat einen dollen Sturz gedreht!«, sagt er zu Krötine. Dann tuscheln die beiden noch ein bisschen.

Kasper nimmt den kaputten Roller und schiebt ihn zu seinem Häuschen. Dort öffnet er die Tür zu seiner Werkstatt, stellt den Roller hinein und macht sich gleich an die Arbeit: Mit einem Hammer beult er das Schutzblech aus. Mit Nadel und Zwirn näht er den Riss im Polster des Sitzes. Als nächstes flickt Kasper den Reifen. Und schließlich sucht er etwas im Regal – da ist es schon, ein kleiner Topf mit gelber Farbe. Max mag Gelb so gern, und daher malt Kasper den zerkratzten Roller damit sehr schön an.

»Uff«, sagte er dann zu sich selbst. »Diese Arbeiterei macht aber durstig. Da müsste doch noch ... da müsste doch ...« Und er schaut in seinem Schrank nach. Richtig, da steht noch eine Flasche leckere Bananenbrause. Plopp, macht der Verschluss, und dann trinkt Kasper in großen Zügen die Flasche halb leer.

Erst spät am Abend ist die gelbe Farbe endlich getrocknet. »Na, gerade noch rechtzeitig!«, sagt Kasper.

Am nächsten Morgen nimmt Kasper in aller Frühe den Roller und schiebt ihn zurück zu Max. Er stellt ihn direkt unter dem Baum auf.

Als Max wenig später oben in seinem Baumhäuschen aufwacht, tun ihm Kopf und Knie nicht mehr weh. Fröhlich schaut er aus dem Fenster hinunter auf die Straße – und sieht dort etwas in der Sonne blinken. ›Nanu?‹, denkt er, ›Was mag das sein?‹ Fix klettert er die Leiter hinunter. Da steht sein Roller! Der blitzt vor Sauberkeit, alles ist heil!

Max strahlt vor Freude und schaut sich den Roller sehr genau an. Und er merkt gar nicht, dass links hinter seinem Baum ein kleiner grauer Affenkopf und rechts ein großer grauer Hundekopf heimlich hervorschauen. Doch dann müssen die beiden kichern. Als Max sich umschaut, entdeckt er Kasper und Krötine, die sich dort versteckt haben.

»Mein Roller!«, ruft Max. »Kasper, das warst du doch!« Dann sagt er noch »Danke!« und fällt seinem Freund um den Hals.

»Krötine …«, sagt er dann zaghaft.

»Ja, Max?«

»Krötine, vielleicht bin ich ja gar nicht der schnellste Rollerer von Affendorf – sondern Picobello …«

»Aber Max«, lacht Krötine ihn an, »wer der schnellste ist, ist doch piepegal. Aber wart', ich habe auch etwas für dich«, sagt sie dann und hält ihm einen bunten Wimpel hin. »Den schenke ich dir. Komm, wir machen den gleich vorn an deinen Roller. Wenn der Wimpel zu doll flattert, weißt du, dass wir zu schnell flitzen. Denn du bist ab jetzt der **beste** Rollerer von ganz Affendorf – das ist der, der vorsichtig fährt. Damit seiner Hundefreundin, die mit ihm rennt, nichts passiert …«

Ameisenmusik

Vorlesezeit: ca. 15 Minuten

Klopf, klopf, klopf.

»Unser letztes Bre-hett!«, ruft Kasper seinem Freund Max zu. Dann hämmert er noch ein paar Nägel ins Holz.

»So, das ist fest! Und Feierabend – wir sind fertig«, antwortet der kleine braune Affe.

Die beiden Bürschchen sitzen auf der Veranda von Maxens Baumhäuschen.

Max ist der einzige Stoffaffe in Affendorf, der hoch oben in einer Baumkrone wohnt. Das ist toll – man kann weit über die kleine Stadt und die Baumwipfel schauen. Das ist aber auch doof – Max muss alle Bananen hier heraufschleppen. Und weil der kleine braune Bursche so gern Bananen isst, muss er immer viel schleppen.

Darum hat Kasper ihm jetzt einen Bananenkran gebaut. Unten die Früchte in den Korb gelegt, oben das Seil hochgezogen, und schon schwebt die gelbe Fracht herauf – »Krane, krane, krane, da kommt ja deine Banane«, sagt Kasper, als sie es ausprobieren.

»Toll«, ruft Max, »nun kann ich ja noch viiiel, viiiel mehr Bananen essen! Bestimmt hundert am Tag!«

»Ach was«, lacht Kasper, »wenn du richtig Hunger hast, schaffst du auch tausend!«

»Die verputze ich dann schon zum Frühstück«, kichert Max.

»Ich glaub', mein Max«, sagt Kasper dann, »wir machen jetzt nicht Feierabend. Wir machen gleich Feiernacht – schau mal, wie finster es inzwischen geworden ist.«

Bei ihrer Arbeit haben die beiden Affen gar nicht bemerkt, wie spät es schon ist. Die Bäume rings um Maxens Häuschen sind nicht mehr zu sehen – alles dunkel.

»Ich räum' noch rasch Hammer und Säge weg, dann gehe ich heim«, sagt Kasper. Dann hebt er den Finger: »Horch mal, Max!«

Ein seltsames U-uhh-uuuhh, U-uhh-uuuhh ist aus den Blättern neben dem Baumhaus zu hören.

»Www... was ist ... das?«, fragt Max mit zitteriger Stimme.

»Ein Käuzchen«, sagt Kasper. »Man nennt es auch ... den Künder der Dunkelheit«, setzt er geheimnisvoll hinzu.

»Ich glaub', www... wir sollten lieber reingehen«, meint Max und läuft schnell zur Tür seines Häuschens.

»Na, geh' du ruhig rein – ich hau dann mal ab ... bis morgen«, winkt Kasper ihm zu.

»Nein, Kasper, nein – komm doch noch mal mit in mein Häuschen. Du hast bestimmt noch Hunger, und du kannst heute auch gern bei mir pennen – es ist schon so spät und so ... finster.«

»Hmm ...«, brummt Kasper. »Okay – das Licht an meinem Motorrad ist sowieso kaputt, damit kann ich heute auch gar nicht mehr fahren.«

Aus den Baumkronen ertönt jetzt ein knarrendes Kna-räh, Kna-räh. Und vom Boden herauf hört man pling, plonk, tack, tock.

»Und was ist das?«, fragt Max ängstlich.

»Kastanien und Eicheln fallen – da turnt bestimmt jemand in den Ästen rum«, kommentiert Kasper.

Max macht die Tür fest zu und legt den Riegel vor. Einmal schaut er noch zaghaft durchs Fenster, dann zieht er schnell die Gardine zu.

Drinnen essen die beiden Freunde noch eine große Banane – jeder eine. »Viel Arbeit macht viel Hunger«, meint Kasper. So wirklich verstehen kann Max das nicht – er hat immer viel Hunger auf Bananen.

Kaum hat Kasper es sich in Maxens großem Sessel gemütlich gemacht, fallen ihm schon fast die Augen zu. »So, jetzt wird geschlafen«, murmelt er müde und knipst das Licht aus. Alles dunkel im Schlafzimmer.

»Nnn… nein …«, hört er Max stammeln.

»Nein – was?«, fragt Kasper in die Dunkelheit.

»Nicht das Licht ausknipsen … bitte«, antwortet Max.

»Aber Max, wir müssen doch schlafen«, meint Kasper, »es ist sehr spät.«

»Aber ich … ich mag das … Dunkle doch nicht …«, sagt Max ganz leise.

›Uiii‹, denkt Kasper, ›das ist ja doof …‹ »Du magst das Dunkle nicht?«, fragt er dann vorsichtig. »Die dunkle Nacht ist doch toll! Man sieht nichts, man kann ungestört nachdenken, und man schläft wunderbar ein.«

»Aber ich nicht …«, sagte Max ganz ängstlich. »Dunkel ist … doof. Man hört andauernd was, aber man kann überhaupt nicht sehen, was es ist!«

Von draußen ist ein Rascheln zu hören. Max zieht schnell seine Decke über den Kopf. ›Armer Max‹, denkt Kasper. ›Da müssen wir ja wohl ganz dringend was machen!‹

Er knipst die Nachttischlampe wieder an und sagt: »Komm mal her zu mir.« Ganz schnell schlüpft Max aus dem Bett und huscht rüber zu seinem Freund. Dort kuschelt er sich sofort dicht neben Kasper unter die Decke.

»Weißt du«, fängt Kasper zu erzählen an, »früher war mir nachts auch immer so bange. Ich hab' gedacht, überall laufen Monster und Ungeheuer umher und kommen gleich zu mir ins Zimmer.«

Max nickt ganz doll. »Ehrlich – **du** hattest auch Angst? Und was hast du da gemacht?«, will er dann wissen.

»Na, ganz einfach – ich hab' am nächsten Morgen draußen überall nachgeschaut. Aber da war nix – keine Spuren im Sand, keine abgeknickten Äste, niemand hatte mein Fahrrad umgeschubst oder die Gießkanne im Garten. Nee, da gab es gar keine Monster oder Ungeheuer. Und wenn es die am Tag nicht gibt – wieso soll es denn nachts welche geben?«

»Aber hast du auch so Töne gehört, wie ich sie in der Finsternis immer höre?«, will Max wissen.

»Genau. Und darum hab' ich in der nächsten Nacht genauer hingehört. Es knackte mal, und dann raschelte es, oder es pfiff und knarrte.«

»Und wer war das?«, fragt Max.

»Keine Ahnung – Monster oder Ungeheuer konnten das ja aber nicht sein. Doch ich fand das plötzlich soo spannend, wenn man zuerst gar nicht weiß, wer da Geräusche macht – richtig abenteuerlich. Und du liebst doch auch Abenteuer …«

»Jjja …«, antwortet Max zögerlich, »irgendwie schon. Aber am liebsten die am Tag!«

»Glaub' mir, Max – nachts sind Abenteuer noch viiiel spannender!«, schwärmt Kasper. »Dann schlafen doch alle Kinder, und nur so große Mutige wie du und ich sind noch wach und können zuhören, was sich da draußen so tut.«

»Still, Kasper«, unterbricht Max ihn. »Horch mal! Da sind schon wieder so Töne …«

Die beiden Freunde lauschen wieder ganz aufmerksam in die Nacht hinaus. Von draußen kommen seltsame Geräusche durch das offene Fenster ins Schlafzimmer. Man hört ganz deutlich ein Tröten. Was das wohl sein mag?

»Was das wohl sein mag?«, fragt Kasper nun auch seinen kleinen Freund Max.

»Das will ich gar nicht wissen, ich fürcht' mich so!«, quiekt der unter der Decke hervor – Max hat sich vorsichtshalber verkrochen.

»Dann lass uns mal nachdenken. Wenn du weißt, was du hörst, brauchst du dich nämlich gar nicht mehr zu fürchten!«, lacht Kasper und nimmt Max in den Arm.

»Und wenn da nun doch ein Ungeheuer so laut ist?«, fragt Max zögerlich und lugt wieder unter der Decke hervor.

»Ungeheuer?«, antwortet Kasper. »Ach – so ein doofes Ungeheuer ist doch langweilig. Nee, es ist viiiel lustiger: Das ist eine

Kröte, die gerade Posaune übt und dabei auf einem Bein herumhüpft.«

»Eine Kröte …«, kichert Max. »Kasper, die hüpfen doch nicht auf einem Bein herum!«

»Tun sie wohl, wenn ihnen grad' der Fuß juckt«, sagt Kasper. »Ich habe mal eine Kröte gekannt, so eine dicke grüne, der juckte **immer** der linke Fuß. Und wenn die herumhüpfte und tutete, klang das ganz, ganz genau so!«

»Ach, du denkst dir das doch aus!«, kichert Max. »Psst – jetzt knackt was …«

»… ganz klar: ein Erdmännchen, das seinen rechten Holzschuh verloren hat und nun fix zu seinen Freunden rennt, ob die einen neuen für ihn haben«, spinnt Kasper drauflos. »Nee, lass mich noch mal genauer hören – es hat den linken Holzschuh verloren!«

Wieder muss Max kichern.

»Und jetzt«, sagt Kasper, »das komische Klocken …«

Von draußen hört man ein Klock, Klack, Klock.

»Nee, jetzt will ich mal raten!«, drängelt Max. »Das ist … das ist … ein … ich weiß: ein Mäuseopa, der an einem Handstock geht und grad' hinter seinem frechen Mäuseenkel herrennt.«

»Nicht ganz …«, antwortet Kasper. »Das sind Schnecken, die Weitsprung üben. Wenn sie in die Luft geglitscht sind, ziehen sie sich fix in ihre Schnirkelschneckenhäuser zurück. Die klocken dann auf den Boden und rollen schnell weiter. Und wenn sie dann alle hintereinander über einen Stein rollen, macht das dieses Klock, Klack, Klock.«

»Ich habe aber noch nie Schnecken springen sehen«, lacht Max.

»Das tun die ja auch nur nachts, wenn du hier den Angstimann spielst und dich verkriechst … Siehste mal, was du alles verpasst«, sagt Kasper und grinst.

Auch Max muss nun doll grinsen. Angstimann, hat Kasper gesagt … zu witzig.

»Aber nun höre ich Stimmen«, sagt Kasper und hebt die Hand. »Ganz, ganz leise. Sie kommen ganz aus der Nähe … aus der Küche! Und ich glaub', es sind … die …«

»Die was? Sag' schon«, drängelt Max.

»… die … Bananen. Die üben grad' Bananenhochsprung. ›Hilfe, Hilfe, gleich kommt Max, und will uns fressen‹, rufen sie gerade. ›Der isst uns doch so gern. Los, schnell weg, Leute!‹«

Max will sich ausschütten vor Lachen. »Kasper, was du dir alles ausdenkst«, kichert er.

»Kannst du auch«, meint Kasper, »und besonders nachts geht das voll doll gut, wenn man nicht schlafen kann.«

»Los, Kasper, erzähl noch so'n Quatsch – bitte!«, sagt Max dann.

»Okay – hörst du das Rascheln?«, fragt Kasper.

»Das Rascheln? Ist das eine Maus?«, überlegt Max.

»Daneben geraten – das sind Ameisen«, winkt Kasper ab. »Die tragen ein Klavier, und das ist ihnen wohl heruntergeplumpst.«

»Ameisen? Ein Klavier?« Max muss lachen. »Das können die doch gar nicht!«

»Max, Max, weißt du das denn nicht? Ameisen gehören zu den stärksten Tieren«, meint Kasper. »Nur weil sie so winzig-pinzig-klein sind, traut man ihnen das nicht zu.«

»In echt jetzt?«, wird Max neugierig.

»Na klar ja«, nickt Kasper. »Kleinen traut man oft viel zu wenig zu – die können **immer** mehr, als die Leute denken.«

Max muss grinsen. »Klar können wir Kleinen mehr … Aber stimmt das: Tragen Ameisen Klaviere?«

»…türlich – Ameisenklaviere! Wie sollten die denn sonst Ameisenmusik machen?«

»Ach, du meinst aus Spaß!«, sagt Max.

»Ja, aus Spaß tragen die Klaviere. Aber wenn du die Ameisenmusik hören willst, musst du jetzt ganz, ganz stille sein, sonst fängt das Konzert nicht an. Und man ist am besten still, wenn das Licht aus ist.« Kasper greift zum Schalter und will die Lampe ausknipsen.

»Auch wenn ich jetzt lachen muss, wenn jemand da draußen komische Töne macht …«, sagt Max zögerlich, »dunkel bleibt es doch, und ich kann ja gar nichts sehen.«

»Na, mein Lieber«, lächelt Kasper. »Da lässt sich auch was machen …« Und er legt vor Max ein kleines Päckchen auf die Bettdecke.

»Für mich?«, fragt der ganz ungläubig. »Ich hab' zwar oft Geburtstag – aber heut' grad' mal nicht!«

»Brauchst du auch nicht«, antwortet Kasper. »Freunde können sich auch ohne Geburtstag mal was schenken. Und ich glaub', du kannst das ganz doll dringend super toll gebrauchen!«

»Ist das jetzt wirklich meins?«, fragt Max und nimmt das Päckchen in die Hand.

»Klar – geschenkt ist geschenkt«, antwortet Kasper.

»Und darf ich das ganz schnell auspacken?«

»Ja – und du kannst sogar das Papier zerreißen!«

Ratsch! Max hält ein kleines längliches, silbern schimmerndes Dings in der Hand. Vorne dran ist eine Art Trichter.

»Schau mal, hinten ist ein Knopf«, erklärt Kasper.

»Und wenn ich da draufknopfe, dann …« Kaum drückt Max mit seinem Finger auf den kleinen Knopf, leuchtet es vorn aus seinem Geschenk heraus.

»Eine Taschenlampe!«, strahlt er.

Kasper nickt – eine Taschenlampe für Max. »Die hat mir mein Opa geschenkt, als ich noch ein kleiner Stoffaffenjunge war und mich auch so im Finstern fürchtete«, erklärt Kasper. »Und jetzt gehört sie dir. Damit ist die Nacht nun nie wieder zu dunkel und zu unheimlich«, sagt er dann zu seinem kleinen Freund. »Wenn dir mal nachts beim Geräuscheraten wieder seltsam zu Mute ist und dir gar nichts Lustiges einfallen will, zeigt dir die Lampe, dass du dich nicht zu fürchten brauchst.«

»Toll!«, freut sich Max und leuchtet noch ein wenig hierhin und dorthin.

»Und nun aus das Licht und leise sein – sonst hören wir ja nicht, wenn die Ameisenmusik anfängt.«

Woher die Träume kommen

Vorlesezeit: ca. 12 Minuten

»Kasper?«

Es ist dunkel und schon recht, recht spät. Max und Kasper, die beiden Stoffaffenfreunde, liegen in ihren kleinen Betten.

»Chr – zzz, chr – zzz, chr – zzz«, schnarcht Kasper leise vor sich hin. Und Max? Max kann gar nicht einschlafen.

»Kasper?« Max knipst seine kleine Taschenlampe an und leuchtet hinüber zu seinem Freund. »Kasper, schläfst du schon?«

»Mmmh«, brummt Kasper müde, »eigentlich ja, Max.«

»Wenn du wirklich schon schlafen würdest, könntest du aber doch gar nicht mit mir sprechen …«

»Ach, kleiner Max …«, seufzt Kasper. »Na, was gibt es denn?«, fragt er dann.

»Ich kann heute so überhaupt gar nicht einschlafen …«, klagt Max.

»Dann musst du auf das Sandmännchen warten«, sagt Kasper schläfrig. »Es kommt leise, ganz leise mit seiner Schubkarre an dein Bett und bis auf dein Kissen gefahren – so leise, dass du es gar nicht merkst. Dann streut es dir vorsichtig Traumsand in die Augen, und dann schläfst du ein. Und träumst was Schönes. Aber du musst deine Lampe ausknipsen und die Augen fest schließen – bei Licht kommt das Sandmännchen nämlich nicht.«

Kasper dreht sich wieder um, macht selbst die Augen zu und denkt, ›Na, hoffentlich glaubt mir Max das und lässt mich jetzt schlafen.‹

Max macht tatsächlich seine Lampe aus.

Einen kurzen Moment später geht sie wieder an. »Das Sandmännchen kommt aber gar nicht …«, sagt Max bekümmert.

»Du musst Geduld haben!«, seufzt Kasper.

»Und was ist Traumsand? Woher bekommt das Sandmännchen den? Und wie kann es mit seiner Schubkarre die Leiter zu meinem Baumhäuschen herauffahren? Und wie kommt das Sandmännchen dann rein – die Tür ist doch zu!«, will Max wissen. Er ist jetzt neugierig geworden. Und er ist alles andere als müde.

»Na«, sagt Kasper, der ahnt, dass er so bald wohl nicht mehr schlafen kann, »dann will ich es dir mal erzählen. Aber eigentlich ist das ganz, ganz geheim – wirklich furchtbar megamords-doll geheim, wie noch nie was anderes auf der Welt jemals so geheim war, glaub' ich. Fast niemand weiß es. In echt!«

»So?«, unterbricht ihn Max aufgeregt, »und du weißt es?«

»Ich weiß fast alles«, sagt Kasper. »Also, das Sandmännchen bekommt den Traumsand vom … – ach, vielleicht darf ich es ja doch nicht erzählen.«

»Kasper, nun sag' schon!«, drängelt Max. »Von wem kriegt es den Traumsand?«

»Willst du es wirklich hören, Max? Es könnte ein wenig gruselig sein …«

»Jjj – ja«, sagt Max nach kurzem Zögern, denn ihm wird langsam unheimlich zu Mut.

»Also gut! Das Sandmännchen bekommt den Traumsand vom – Ratzelmüller …«

»Ratzelmüller …«, sagt Max, und in seiner Stimme liegt ein leichtes Zittern. »Das klingt aber sehr unheimlich.« Er zieht sich lieber seine kleine Bettdecke ganz bis zur Nase hoch und weiß nicht, ob er weiter neugierig oder doch besser ein bisschen ängstlich sein soll.

»… ja, vom Ratzelmüller!«, betont Kasper extra besonders geheimnisvoll. Und dann schweigt er einen Moment, auch extra geheimnisvoll.

»Und … wer … wer ist das?«, traut sich Max nach einer Weile doch zu fragen.

»Den Ratzelmüller hat fast noch niemand gesehen«, sagt Kasper.

»Ist er denn unsichtbar?«, fragt Max.

»Nein. Aber er wohnt weit, weit draußen vor der Stadt, tief im großen, dunklen Wald. Dort, wohin keine kleinen Affenkinder laufen dürfen, denn sie würden allein den Weg zurück nicht mehr finden. Genau dort – nein, sogar noch ein ganzes weites Stück tiefer im Wald – da hat er seine Mühle.«

»Und hilft der Ratzelmüller den Affenkindern denn nicht, wieder heimzukommen, wenn sie sich bis dahin verlaufen?«, fragt Max besorgt.

»… doch, schon, wenn er Zeit dazu hat. Aber eigentlich hat er keine Zeit, denn er muss Traumsand machen. Ganz viel Traumsand für alle müden Kinder auf der ganzen Welt. Und die ist groß und rund.«

»Und – wie macht er den Traumsand denn?«, drängelt Max.

»Das verrät er nicht gern, denn das ist sein Geheimnis – es soll wirklich niemand, niemand wissen!«, sagt Kasper bedeutsam.

»Dann weißt du es also auch nicht …«

»Doch – ich habe ihn einmal heimlich dabei beobachtet. Es ist schon sehr, sehr lange her. Eines Tages, als ich noch klein war, bin ich spazieren gegangen und hatte nicht darauf geachtet, wie weit ich schon gelaufen war. Der Wald wurde immer dichter, die Bäume wurden immer höher, und nur wenig Licht fiel noch zwischen den Blättern hindurch auf den Boden. Einmal lief noch ein Häschen über meinen Weg, aber sonst sah ich keine Tiere. Ich hörte nur ihre Geräusche, ein Käuzchen rief, und einmal – das war besonders unheimlich – flatterte etwas Großes unter dem Blätterdach herum. Wahrscheinlich war das eine Schratte. Ich bin immer weiter in den Wald hineingelaufen, und irgendwann – es wurde schon dunkel – erklangen merkwürdige Laute. Das mussten Wirsche sein, die dort draußen ganz versteckt leben. Ich konnte sie aber nicht sehen, denn sie sind scheu und sehr flink.

Als ich noch ein ganzes Stück weitergegangen war, hörte ich seltsame Töne. Ganz regelmäßig klangen sie zwischen den Bäumen hindurch. Vorsichtig, sehr vorsichtig und

ganz sachte ging ich näher zu dem Geräusch hin. Und – da – war – es …«, sagt Kasper und schweigt.

»Was denn?«, quengelt der neugierige Max.

»Ich entdeckte ein merkwürdiges Häuschen. Es schien schon sehr alt zu sein, war sehr hoch und ganz aus Holz gebaut. Ich bin dann ganz still an eines der Fenster herangeschlichen, habe mich auf die Zehenspitzen gestellt und vorsichtig hineingeschaut. Und da habe ich es gesehen.«

»Was hast du gesehen?«, fragt Max ungeduldig. »Nun sag' doch schon, man muss dir ja alles aus der Nase ziehen!«

»Na, ihn – den Ratzelmüller. Es war eine große Gestalt, und die machte sich an seltsamen Apparaten zu schaffen. Ich konnte immer nur ein fortwährendes ›ratzel, ratzel‹ hören.

Als ich an ein anderes Fenster schleichen wollte, um besser gucken zu können, bin ich auf einen Zweig getreten, der laut knackte. Da ging plötzlich die Tür auf, und er stand vor mir.«

»Der Ratzelmüller …«, sagt Max ehrfürchtig. »Wie sah er aus? Was hat er gesagt? War er böse zu dir?«

»Der Ratzelmüller ist ein alter, großer, grauer Affe. Und er war gar nicht böse. Er hat gefragt, ob ich mich verlaufen hätte und ob ich nicht hereinkommen möchte in die Ratzelmühle. Draußen war es ja längst schon stockfinstere Nacht geworden.«

»Hattest du keine Angst?«, fragt Max.

»Nnn – nein, nicht so richtig«, flunkert Kasper – natürlich war ihm die Sache selbst sehr unheimlich gewesen, aber das möchte er Max gegenüber nicht so gerne zugeben.

»Man darf natürlich nicht einfach so in fremde Häuser gehen. Aber der Ratzelmüller ist ja ein Affe wie wir, da konnte ich es wagen. Drinnen schenkte er mir eine Banane, denn ich

war sehr hungrig von dem weiten Weg. Und dann hat er mich gefragt, ob ich weiß, was er da macht.«

›Nein, Ratzelmüller‹, sagte ich, ›das weiß ich nicht.‹

›Na‹, sagte er, ›ich mache Traumsand für das Sandmännchen.‹

›Und wie machst du den Traumsand?‹, fragte ich ihn.

›Das ist ganz einfach – da steht meine große Mühle, und unten fange ich den Traumsand in Säcken auf. Man muss ihn ganz, ganz fein mahlen, damit er nicht in den Augen kratzt.‹

›Aber was tust du denn oben hinein?‹, fragte ich ihn, ›denn wenn unten etwas aus der Mühle herauskommen soll, musst du doch oben etwas hineintun.‹

›Gut nachgedacht, du kleiner Kerl‹, sagte der Ratzelmüller, ›aber bei meiner Traumsandmühle geht das anders. Was ich oben hineintue, ist unsichtbar und wiegt auch nichts. Daher kannst du es nicht sehen.‹

›Aber was ist es denn?‹, fragte ich. Und da hat er es mir verraten.

›Ich habe ein großes Netz mit ganz feinen Maschen‹, sagte der Ratzelmüller. ›Und das ziehe ich durch die Luft und fange die Wünsche und Vorstellungen und Erinnerungen ein – von Stoffaffen und Teddys, Elefanten und Menschen, ganz egal, denn alle haben Wünsche und Vorstellungen und Erinnerungen. Wenn du dir vorstellst, dass du morgen eine leckere Banane verschmausen willst, begleitet dich dieser Gedanke noch eine ganze Weile. Dann komme ich leise und unbemerkt mit meinem Netz und fange ihn ein. Den Gedanken stecke ich dann in meine Mühle. Zwischen den vielen Mühlsteinen wird er immer kleiner und kleiner gemahlen, und kleiner und kleiner. Und so wird er zu feinem Traumsand.‹ Der Ratzelmüller hielt kurz inne und öffnete eine Klappe, hinter der es leise rieselte. Er zog eine Handvoll Traumsand heraus und hielt sie mir hin. ›Hier – zauberfein und wunderleicht‹, sagte er. ›Und wenn das Sandmännchen dir diesen Traumsand in die Augen streut, dann träumst du von Bananen – ganz einfach!‹

›Dann muss ich mir also nur etwas Schönes vorstellen, und irgendwann träume ich davon?‹, fragte ich.

›Richtig‹, sagte der Ratzelmüller, ›so geht das. Deshalb träumt man manchmal von dem, was man sich am Tag gewünscht oder worüber man nachgedacht hat.‹

Als der Ratzelmüller so erzählte, war es sehr spät geworden. ›Draußen ist finstere, finstere Nacht. Du kannst jetzt nicht mehr allein durch den Wald zurück nach Affendorf gehen, Kasper‹, sagte er. ›Aber da fällt mir was ein – ich muss noch ein paar Säcke Traumsand zum Sandmännchen bringen. Es ist zwar schon unterwegs zu den Affen- und Menschenkindern, aber er braucht Nachschub für Morgen- und Übermorgennacht. Da nehme ich dich am besten gleich mit.‹

»Und wie hat er das gemacht?«, will Max wissen. »Kann der Ratzelmüller fliegen?«

»Nein, Max, das kann er nicht – kein Affe kann fliegen«, sagt Kasper. »Aber der Ratzelmüller hat Reithühner. Jedes Huhn bekam einen Sack rechts und einen Sack links umge-

hängt. Traumsand ist nämlich sehr, sehr leicht. Auf dem vordersten Huhn durfte ich reiten, und der Ratzelmüller setzte sich auf das letzte. So sind wir dann hineingeritten in die finstere Nacht und endlich zurück nach Affendorf gekommen.«

»Bist du auch mit beim Sandmännchen gewesen?«, will Max wissen.

»Nein, der Ratzelmüller sagte, da dürfe er nur ganz allein hin. Ich habe ihn dann gefragt, ob ich ihm mal beim Mahlen helfen kann, aber er sagte, ich soll nicht wieder so weit in den Wald hineinlaufen – nicht jeder, der dort wohnt, sei so nett wie er. Das musste ich ihm versprechen.«

»Und dann?«, will Max wissen.

»Dann bin ich durch die dunklen Straßen zu meinem Häuschen gegangen – alles schlief schon, so tiefe Nacht war es. Und ich glaube, ich habe das Sandmännchen doch noch um eine Straßenecke laufen sehen. Aber ich war schon so müde, vielleicht habe ich es auch nur geträumt.«

Kasper gähnt. »Es ist sehr spät, Max. Ich möchte jetzt schlafen.«

»Ich auch, Kasper«, antwortet Max und gähnt ebenfalls. »Ich bin sehr müde geworden. Jetzt kann das Sandmännchen kommen.«

»Gute Nacht, lieber Max.«

Doch Max antwortet seinem Freund nicht mehr – er ist schon eingeschlafen. Ob er wohl von einer Banane träumt?

Indische Gaukler,
oder:
Max geht in den Zirkus

Vorlesezeit: ca. 30 Minuten

Taräää, taräää, taräää. Es trötet laut von der Straße herauf – aber Max schläft. Tief und fest.

Taräää, taräää, taräää – nichts zu machen, er hört es nicht, auch wenn die Hörner noch so laut tuten. Fremde Affen in farbenprächtigen Kostümen reiten auf Lamas und Zebras unten an seinem Baumhaus vorbei und tröten mit Fanfaren – aber er sieht es nicht. Und Max merkt auch nicht, wie ein bunt gekleideter Affe mit einem gelben Tuch um den Kopf durchs Fenster schaut und dann ein langer, grauer, gelenkiger Elefantenrüssel sich in seine kleine Küche tastet und an seinen Bananen schnuppert. Dann ist es wieder still.

Eine Viertelstunde später wird Max wach. Er räkelt sich noch eine Zeitlang auf dem Kissen, streckt seine Arme und Beine ein bisschen hierhin und ein wenig dorthin – dann merkt er, dass er Hunger hat. Also los, raus aus dem Bett! Geschickt schwingt er sich durchs Fenster an den dicken Ast und gleich wieder durch das andere Fenster direkt in die Küche. »Da muss doch … da muss doch«, murmelt er vor sich hin. »Ja, hier, da muss doch noch eine schöne leckere Banane sein.«

Es ist die letzte in Maxens kleinem Obstkorb – egal. Haps – ein tolles Frühstück. Max ist froh.

Mit einem so leckeren Schmaus im Bauch klettert Max die Leiter seines Baumhauses hinab zur Straße. Waschen fällt heute aus, ›Man muss ja Wasser sparen‹, denkt er sich. Hi, hi, hi … gut, dass Kasper ihm das mal gesagt hat. Waschen ist doof. ›Und nass wird man dabei auch noch – iiih, ohne mich!‹, lacht er.

Max steht nun unten auf dem Erdboden. Nanu – da sieht er was, was gestern noch nicht da war: An seinem Baum hat jemand ein Plakat befestigt. Max schaut interessiert hin: Darauf sind ja tolle Sachen zu sehen, ein Elefant, ein Affe mit einem Turban auf dem Kopf, ja, und – eine Schlange. Na, ein bisschen gruselig findet Max das jetzt schon …

»Toll, was?«, hört er da plötzlich jemanden sagen und erschrickt. Es ist Palmenhein, der leise herangekommen ist. »Das sind Gaukler, die gerade in die Stadt gekommen sind, heute morgen ganz früh«, sagt er. Und dann setzt er noch geheimnisvoll hinzu: »Indische Gaukler!«

»Indische … Gaukler?«, fragt Max zögerlich. Schade, dass Kasper jetzt nicht hier ist, denkt er – der würde ihm erklären, was das ist, ohne dass Max ihn fragen müsste. Kasper erzählt ja immer so viel von dem, was er mal irgendwann und irgendwo gehört oder gelesen hat. Und manches hat er sich vielleicht einfach ausgedacht. So genau weiß man das bei ihm ja nie …

Aber auch Palmenhein will anbringen, was er weiß: »Indische Gaukler sind Gaukler«, sagt Palmenhein und kratzt sich nachdenklich am Kopf, »und die kommen aus, glaube ich, aus – ja, aus Indien.«

»Also sind sie sowas wie Indianer?«, fragt Max.

»Nee, das ist anders – die Gaukler kommen aus Indien, das ist ein fernes Land. Da, wo Elefanten wohnen. Und Indianer leben in Amerika, das ist auch ein fernes Land, aber ganz anderswo. Und ohne Elefanten – glaube ich.«

»Aber auch mit Gauklern?«, fragt Max nach.

»Na, klaro, auch mit Gauklern!«, versichert Palmenhein.

»Aber wie kann man die denn auseinanderhalten?«, fragt Max neugierig.

»Is' doch ganz einfach!«, prahlt Palmenhein und muss doch einen Moment nachdenken. »Natürlich an den Elefanten«, sagt er dann und grinst. »Sind welche dabei, handelt es sich um indische Inder-Gaukler. Und wenn keine dabei sind, können es ja nur Indianergaukler aus Amerika sein!«

»So, so«, macht Max. »Aber wenn die Elefanten nur mal Pipi machen sind – und du denkst, dass sind amerikanische Indianergaukler, und dann kommen die Elefanten wieder vom Töpfchen zurück – verwandeln sich deine Indianergaukler aus Amerika dann wieder in indische Inder-Gaukler?«

»Hm …«, brummt Palmenhein, kratzt sich am Kopf – und sagt erst mal gar nichts.

›So ganz genau scheint Palmenheim das ja auch nicht zu wissen‹, denkt Max beruhigt. »Aber was machen denn so Gaukler überhaupt?«, fragt er dann.

»Na, tolle Sachen!«, strahlt Palmenhein. »Die tanzen auf einem Seil über den Marktplatz, und wenn sie flöten, kommt eine Schlange aus einem Korb. Und sie können – zaubern!«

»Zaubern …«, sagt Max fasziniert und hat zugleich ein kleines bisschen Angst. Nicht nur vor den Schlangen …

»Ja, zaubern!«, sagte Palmenhein und nickt dazu ganz bedeutungsvoll mit dem Kopf. Dann klingelt er noch kurz und fährt mit seinem Dreirad weiter.

›Hm‹, denkt Max, ›indische Gaukler und ein Zauberer. Die muss ich sehen!‹ Hier auf dem Plakat steht ja unter dem Bild noch was geschrieben: »Vor-stel-lung – auf – dem – Marktplatz – wenn – es – dun-kel – wird«, entziffert er. Und da steht noch: »Je-der gibt, was er kann, min-des-tens ei-ne Ba-na-ne.«

»Ojemineh«, sagt Max laut vor sich hin, »eine ganze Banane? Wo soll ich die bloß hernehmen? Ich hab' doch meine letzte zum Frühstück gegessen. Na, vielleicht kann Picobello mir helfen.«

Klar kann sein Freund das … Picobello steckt Max eine schöne gelbe Banane zu, als dieser ihn am Nachmittag besucht und von seinem Problem erzählt. »So, so, indische Gaukler«, sagt Picobello und macht den Eindruck, mehr über sie zu wissen als Max.

»Weißt du was, Max? Die schaue ich mir auch an – ich komme heute Abend mit!«

Insgeheim ist Max erleichtert, dass sein Freund ihn begleiten will. Zauberer, Schlangen, Indien … Da ist es sicherlich gut, wenn man nicht allein hingeht.

Kurz vor dem Dunkelwerden holt Max Picobello ab, und die beiden gehen durch die Straßen zum großen Marktplatz. Wie hat der sich verwandelt! Mitten auf dem Platz ist ein Zelt aufgebaut. Es kommt Max in der beginnenden Nacht riesengroß vor. Und jetzt schallt sogar Musik vom Zelt herüber. Auf den Spitzen der Zeltmasten – ganz, ganz weit oben – sitzen drei Affen mit Trompeten, die immer wieder hineintröten. Unten steht eine lange Reihe Stofftieren vor einer kleinen Bude neben dem offenen Eingang zum Zelt. Hier muss man seine Banane abgeben, dann darf man hineingehen. Es liegt schon ein ansehnlicher Bananenberg neben der Bude – offenbar möchte jeder in Affendorf die indischen Gaukler sehen. Darum also ist das Zelt so groß!

Als Max und Picobello endlich an der Reihe sind, will Max seine Banane ein bisschen traurig hingeben – die hätte ihm gewiss sooo gut geschmeckt. Doch da streckt Picobello dem Affen in der Bude noch eine Banane hin – »Deine kannst du in der Pause aufessen, Max«, sagt er und lacht. Danke, lieber Picobello! Max ist sehr froh, einen so guten Freund zu haben.

Genau das gleiche denkt er noch einmal, als beide ins Zelt gehen. ›Ob hier wohl lauter Schlangen auf uns warten, und ob man uns hier verzaubern wird?‹, überlegt Max, aber dann geht er doch mutig hinter Picobello her, und sie setzen sich auf eine Bank. Mitten im Zelt gibt es eine Bühne mit einem Vorhang dahinter, an der Seite sitzen Affen in roten Anzügen und mit Musikinstrumenten, und ringsherum stehen Bänke. Überall sitzen schon Affen und andere Stofftiere und warten gespannt auf den Beginn der Vorstellung.

Und nun … wird es dunkel im Zelt. Max ist ganz aufgeregt. ›Was wäre‹, denkt er, ›wenn jetzt die Elefanten und Schlangen tanzen und der Zauberer – ja, was wird der wohl gleich tun?‹

Max ist es doch ein bisschen bange zumute, und er schaut noch einmal neben sich. Gut, dass Picobello mitgekommen ist.

Plötzlich geht ein grünes Licht an. Und da steht er – der Affe mit dem gelben Turban, den Max schon vom Plakat an seinem Baum kennt. Und der fängt nun an, mit lauter Stimme zu sprechen:

»Allerverehrteste Damen und Herren, geschätzte Äffinnen und Affen, liebe graue und braune und große und kleine Zuschauer: Sie werden überglücklich und für fast immer, aber mindestens doch sechs Wochen lang dankbar sein, für einen Eintritt von nur einer einzigen Banane – und kleine Affen brauchten auch nur eine kleine Banane mitzubringen! – nicht nur die allerungewöhnlichsten und sonderbarsten Tricks und Gaukeleien hautnah miterleben und wunderbarer Musik lauschen zu können, sondern jetzt – ja, jetzt … und ich betone noch einmal: JETZT – haben Sie noch dazu und völlig im Preis inbegriffen das unglaubliche Vergnügen, IHN zu erleben: den berühmten, den besonderen, den sensationellen, den außergewöhnlichen, den einzigartigen, den großen und großartigen …« – Max hält den Atem an – »… Zauberer …« – Max reißt die Augen auf – »und Herrscher der Überraschungen, den Meister der Illusion, Herrn der Tricks und Kunststücke, den KÖNIG DER GAUKLER … **Apfelsinian** …« – ein wilder Tusch vom Orchester – »… **Bananikus** …« – lauter Schall der Fanfaren – »… **SCHERMULI**!«

Im selben Moment ist wie auf ein Signal hin alles still, und alle Lichter im Zelt verlöschen. Nur die Stimme des Turban-Affen ertönt noch durch die Dunkelheit: »Erleben Sie nun die einzigartigen, unübertrefflichen und ganz und gar wundersamen Tricks, die Apfelsinian Bananikus Schermuli für Sie im fernen Indien einstudiert hat, einzig und allein mit dem Ziel, sie Ihnen zusammen mit seinen treuen Gehilfen – nämlich ganz und gar ungewöhnlich begabten Tieren – nun vorzuführen. Staunen Sie, staunen Sie, staunen Sie! Und begrüßen Sie den Meister Schermuli mit einem Applaus!«

Alle Affen klatschen heftig in die Hände. Dann geht ein kleines Licht an, der Affe mit dem gelben Turban hebt die Hand – und sofort herrscht Stille. »Gestern war er vielleicht groß und eben wieder klein«, sagt der Affe, »jetzt ist er plötzlich dick, und im nächsten Moment kann er schon dünn sein. Der König der Gaukler überrascht uns immer wieder. Und nun zeigt Ihnen der Meister der Illusion die erste seiner unglaublichen Sensationen!«

Ohne dass es die Zuschauer gemerkt haben, hat sich eine sehr große Gestalt hinter den Affen mit dem Turban gestellt. Der tritt nun zur Seite, ein helles Licht scheint, und jetzt können es alle Affen im Publikum sehen: Das muss der Zauberer Schermuli sein – er ist mindestens drei Meter groß, in einen blauen Umhang gekleidet, und auf dem Kopf trägt er einen hohen, runden, spitzen Hut mit einem blitzenden Stern an der Spitze.

Max stockt der Atem, er ist ganz still: ›So sieht also ein Zauberer aus‹, denkt er, ›und noch dazu ein weltberühmter! Ich muss Kasper nachher gleich mal fragen, was ›weltberühmt‹ eigentlich bedeutet.‹

Schermuli winkt nun mit einem schwarzen Stab – »das ist bestimmt sein Zauberstab!«, flüstert Picobello Max aufgeregt ins Ohr – zum Rand der Bühne hinüber. Dort erscheint ein

ZIRKUS

alter grauer Affe; unter dem Arm trägt er einen runden Korb, in der Hand eine Flöte. Langsam und umständlich stellt er den Korb auf den Boden. Dann setzt er sich davor und fängt an, eine sehr seltsame, fremde Musik zu machen.

Und da … der Deckel des Korbes klappt ganz von allein auf! Zum Vorschein kommt – eine dünne Schlange. Sie tanzt und windet sich genau zu den Bewegungen, die der Affe mit der Flöte macht – so was hat Max noch nie gesehen, und er ist sich auch gar nicht sicher, ob er das wirklich sehen möchte. Na, wenn man lieber ein Auge zumacht, macht man bestimmt nichts falsch.

Hoch hebt der Affe das Ende der Flöte – hoch steigt die Schlange. Schwenkt er die Flöte nach links, folgt ihm das dünne, bunt getupfte Tier dorthin. Wenn er sich nach rechts wendet, tut auch die schaurige Natter genau dasselbe. Nach einigen Augenblicken senkt der Affe die Flöte, die Schlange sinkt herab und verschwindet mit einem lauten, scharfen Zischen wieder in ihrem Korb. Alle Affen klatschen begeistert.

Schermuli gibt dem alten Affen ein Zeichen, und der fängt noch einmal an, seine wundersame Musik zu machen. Doch diesmal kommt aus dem Korb ein dünnes Seil. Als wäre es lebendig, windet es sich hoch in die Luft, immer höher und höher. Als das obere Ende unter dem Zeltdach fast nicht mehr zu sehen ist, hebt Schermuli die Hand, und der Affe legt seine Flöte zur Seite. Er ergreift das Seil, erst mit der linken Hand, dann mit der rechten Hand, und beginnt dann, daran hinaufzuklettern. Immer, wenn er ein Stück weit in die Höhe geklettert ist, rollt sich unter dem Affen das Seil auf – er schwebt mitten im Raum und klettert immer höher.

Dann ist der Affe am Seil oben angelangt, ganz hoch unter dem Zeltdach. Man kann ihn im Halbdunkel fast nicht mehr sehen, und das ganze Seil hat sich unter ihm aufgerollt. Da pfeift Meister Schermuli schrill auf zwei Fingern. Oben gibt es einen lauten Knall und einen Lichtblitz – und der Affe ist nicht mehr zu sehen! Nur eine kleine Rauchwolke hängt in der Luft, und glitzernde winzige Steinchen purzeln von oben auf den Zauberer herab.

Das begeisterte Publikum klatscht laut. Doch Max nimmt Picobellos Hand und hält sie ganz doll fest. »Wo … wo … ist der Affe … denn hin?«, fragt er mit ängstlicher Stimme seinen Freund.

Picobello weiß es natürlich genauso wenig wie Max, und darum sagt er: »Der wurde … einfach … weggezaubert … glaube ich.«

Doch Max hat diese Worte nicht mehr verstanden: Die Affen in den roten Uniformen tuten und tröten laut in ihre Instrumente, und einer haut doll auf eine Pauke. Dann wird es erneut dunkel.

›Was werden wir nun sehen?‹, fragt sich Max. Hoffentlich nichts mit einer Schlange, denn davon hat er schon genug. Doch da hört man schon wieder den Affen mit dem Turban. »Und nun«, lässt er seine Stimme durch die Finsternis im Zelt erschallen, »nun zeigt Ihnen der Meister der Illusion die zweite seiner unglaublichen Sensationen. Sie setzt die Gesetze der Natur außer Kraft: Wenn der große Magier Schermuli es will, wird das Unmögliche möglich.«

Das Licht geht an. Neben dem Affen und Schermuli – der nun ganz klein und dünn ist, einen roten Mantel trägt und einen langen grauen Bart hat – kommen rechts und links zwei kleine Elefanten in blauen, mit goldenen Glitzerstreifen verzierten Umhängen auf die Bühne. Der Turban-Affe nimmt ein Lasso und schleudert die Seilrolle dem einen Elefanten zu. Der fängt das Ende mit seinem Rüssel auf. Dann gibt der Affe dem zweiten Elefanten das andere Seilende, und die beiden ziehen es stramm.

Wieder hebt Schermuli seinen Zauberstab, und von allen Seiten rennen kleine Affen in bunten Kostümen wie Kobolde auf die Bühne. Sie schlagen Salto und Rad, purzeln durcheinander, hüpfen hoch und drehen sich in der Luft. Dann springt einer nach dem anderen hinauf auf das Seil und stellt sich darauf.

Max staunt – das sind ja tolle Akrobaten!

Oben auf dem Seil machen die Affen nun ihre Kunststückchen noch einmal – sie rennen von einem Ende des Seils zum anderen und springen dabei übereinander hinweg, hinken auf einem Bein, machen eine Rolle. Als ihr Treiben ganz wild ist, hebt Schermuli seinen Stab, an dessen Spitze bunte Funken sprühen. Im Zelt wird es mucksmäuschenstill. Nun trompetet der linke Elefant – und lässt sein Seilende los. Auch der andere Elefant lässt daraufhin sein Ende des Seils los – aber da, es schwebt weiterhin wie eine Stange in der Luft! Die Elefanten trompeten noch einmal kurz, jeder macht eine Verbeugung zum Publikum, und dann gehen sie nach links und rechts durch die Vorhänge von der Bühne.

»Wie ist das nur möglich?«, fragt Picobello, während die Affenartisten auf dem schwebenden Seil noch ein paar weitere Kunststücke vorführen.

»Das wüsste ich auch gern!«, antwortet Max. »Aber das verraten die bestimmt nicht!«

Jetzt ertönt ein lauter Trommelwirbel, die Affen oben auf dem Seil stellen sich nebeneinander. Und dann wird es mucksmäuschenstill. Schermuli murmelt fremd klingende Worte »Hischnakisch paremblu pfittli« und berührt das Seil noch einmal mit seinem Zauberstab. Das Seil leuchtet von innen erst hellrosa, dann hellgrün und schließlich hellgelb auf. Die Affen springen hoch – und im selben Moment ist das Seil verschwunden. Geschickt landen die Affen auf dem Boden, und das Publikum klatscht stürmisch Applaus. Einer der Elefanten kommt hinter dem Vorhang hervor und schwenkt eine Fahne. Auf der steht in großen Buchstaben: Pause!

»Los, Max, schnell raus«, sagt Picobello. »Ich hab' Hunger, lass uns was essen!«

Doch Max ist noch ganz verwirrt von den Vorführungen, die eben auf der Bühne zu sehen waren. Aber essen, das ist immer gut, denkt er. Schnell steckt er seine Hand in die Tasche – juhuuu, da ist sie noch, die Banane, die Picobello ihm geschenkt hat. Man weiß ja nie, wenn hier gezaubert wird.

Draußen treffen sie Palmenhein und Palmenklein, Hopsi, Kasper und alle anderen Freunde – ganz Affendorf ist gekommen, weil jeder mit eigenen Augen sehen will, was die indischen Gaukler zu zeigen haben. Alle essen ihre Bananen, die sie sich als kleine Stärkung mitgebracht haben. Und ganz aufgeregt sprechen sie darüber, wie solche tollen Tricks wohl möglich sind. Keiner weiß es. Während sie noch herumrätseln und ihre Vermutungen anstellen, verkrümelt sich Kasper unauffällig und verschwindet hinter dem Zelt. »Nischkahisch parempfit bublu – oder wie war das doch?«, versucht er sich an den Zauberspruch zu erinnern. Der muss doch sehr praktisch sein, wenn man selbst auch mal ein Seil verschwinden lassen möchte.

Bald ist die Pause zu Ende, die Fanfaren tröten. Alle Zuschauer gehen zurück ins Zelt, voller Spannung, wie die Vorstellung wohl weitergeht. Kaum sitzen alle Stofftiere wieder auf ihren Plätzen, wird es erneut stockdunkel im Zelt.

Aber diesmal dauert es eine kleine Weile, bis wieder ein Licht angeht. Wie vorhin schon stehen der Affe mit dem Turban und der Zauberer Schermuli auf der Bühne. Nur ist dieser jetzt pummeldick, und sein Mantel ist grün.

»Damen und Herren, Äffinnen und Affen«, ruft der Turban-Affe laut, »von seinen Reisen um die Welt und in sehr ferne Länder, die keiner vor ihm je gesehen hat und die noch auf keiner Landkarte verzeichnet sind, hat Ihnen der Herr der Tricks die nächste unerhörte Besonderheit mitgebracht. Sehen Sie – DAS DREIKÖPFIGE ZIMPERLOTT, DAS RECHNEN KANN!«

Unheimlich trommeln die Trommeln, ein schrilles Täteräteräää ertönt. Aus dem Dunkel kommt es nun ins Licht: ein merkwürdiges Wesen wie eine Art Vogel Strauß mit kunterbunten Federn, aber es hat drei dicke Beine, zwei Arme und auf dem Rücken Flügel. Max bekommt einen gehörigen

Schrecken. Das Zimperlott hat drei Köpfe; an jedem Kopf ist ein Schnabel, und darüber funkelt jeweils unheimlich ein leuchtend rotes Auge.

Max rutscht tiefer in seinen Sitz, und er macht beide Augen zu. »So was gibt es ja gar nicht«, tuschelt Picobello, aber Max hat es doch gerade mit eigenen Augen gesehen. Ganz, ganz vorsichtig macht er ein Auge auf – und tatsächlich, da steht das dreibeinige, dreiköpfige, dreischnäbelige Fabelwesen und lässt seine drei Augen abwechselnd schaurig leuchten.

»Mit dem mittleren kann es sogar grün!«, kichert Picobello begeistert. Doch Max ist absolut nicht zum Lachen zumute.

Der Zauberer Schermuli schaut ins Publikum. »Isch äbrauche«, ertönt seine Stimme, »isch äbrauch' fü' diesär Kunst-Stückel ein' Gehilf' – für das Zimpärlott.«

Dann zieht er ein Fernrohr aus seiner Manteltasche und lässt seinen Blick über die Zuschauerreihen schweifen. Da – genau dort, wo Max sitzt, verharrt er. »Du da, kleinär Mann, du scheinest mir dafür där Richtig' zu sein«, sagt er dann. »Wie äheißest du?«

»Mmm... Mmm« – Max kann kaum sprechen.

»Moritzä?«, fragt Schermuli

»Nnn – nein, Mmm... Mmmaaa... «

»Ach, Martinnä!«, sagt Schermuli.

»Nein, er heißt Max«, ruft da Picobello.

»Also gut, Maxä«, sagt der Magier. »Komm häruntä auf die Bühn', um uns Hilf' zu gäbben.«

Max tut, was der Zauberer ihm sagt. Unten muss er sich dicht neben das seltsame Zimperlott stellen.

Dann stellt Schermuli dem seltsamen Viech die erste Aufgabe: »Wie viel isse drei unnt drei?«, fragt er mit einer knarzenden Stimme. Das Zimperlott hat am Bauch eine Art Beutel, genau wie ein Känguru. Da soll Max nun hineingreifen, und er zieht einen Zettel heraus, auf dem eine krakelige 6 zu sehen ist. Alle Zuschauer klatschen.

»Und wie viele isse sechs plus drei?«, will Schermuli nun wissen. Auf ein Zeichen des Zauberers dreht Max den Zettel auf den Kopf – und die 6 wird zur 9. »Und wie viele isse – neun minus drei?« Wieder dreht Max den Zettel, und die 9 wird wieder zur 6. Alle Stofftiere im Publikum klatschen, so doll sie können.

»Zimpärlott«, fragt Schermuli nun, »wie viele … Bein', wie viele Schnäbele unnt wie viele Aug' hast du?«

Max mag sich das gar nicht vorstellen, was bei dieser Frage wohl herauskommen wird. Und ganz, ganz doll wünscht er sich, dass das Zimperlott recht bald nach Hause gehen möge. Ganz verstohlen schaut er zum Rand der Bühne, wo der Korb vom ersten Kunststück steht – nicht, dass die Schlange da noch einmal herausgekrochen kommt!

In diesem Moment greift das Zimperlott selbst in seinen Beutel. Es zieht einen Luftballon hervor und bläst ihn auf. Und auf dem Ballon sieht man eine 9, die immer größer wird, bis das Zimperlott den Ballon so prall aufgepustet hat, dass er mit einem lauten Knall platzt.

»Bravo, bravo, bravo!«, ruft nun der Affe im gelben Turban, »so etwas hat es ja wohl noch nie gegeben – jede auch noch so schwierige Aufgabe wurde richtig gelöst!« Das Zimperlott verneigt sich, wobei sein linker und rechter Kopf merkwürdig wackeln, lächelt mit seinem mittleren Gesicht, und dann dreht es sich um und latscht wieder ins Dunkel hinter der Bühne zurück. Auch Max darf zu seinem Platz zurückgehen. Schermuli hebt den Arm und winkt, und das Licht im Zelt erlischt.

›Puh‹, denkt Max, ›das war aber gruselig!‹ – »Hast du die schaurigen Köpfe gesehen?«, fragt er leise Picobello. Der ist immer noch damit beschäftigt, die Aufgaben nachzurechnen und kratzt sich dabei am Kopf, aber jede wurde tatsächlich richtig gelöst. Wie das Zimperlott das wohl gemacht hat? Na, wahrscheinlich hat jeder der drei Köpfe nur eine Aufgabe gerechnet, das hat es bestimmt leichter gemacht.

Als es kurz darauf im Zelt wieder hell wird, ist Schermuli verschwunden. Auf der Bühne sieht man nun Jongleure und Feuerspucker und dicke, ungeheuer starke Affen, die mächtige Eisenstangen krummbiegen. Alle werfen mit Bällen, lassen Flammen aus ihrem Mund springen und biegen ihre Eisenstangen erst krumm und dann wieder gerade, fast so, als wären sie aus Lakritze.

Mitten in diesen Trubel hinein ruft der Affe mit dem Turban, dass Meister Schermuli dringend abreisen musste, um auf einer eben erst entdeckten schwimmenden Insel ganz wundersame Tiere mit unglaublichen Talenten genauer anzuschauen, unter ihnen eine Dronte, die heute schon weiß, was morgen sein wird. Die Vorstellung sei jetzt leider beendet, und der Herrscher der Illusionen erlaube dem Publikum – dem werten, allerverehrtesten Publikum! – nun nach Hause zu gehen.

Langsam wird das Zelt daraufhin immer leerer. Auch Max und Picobello gehen zum Ausgang. »Ein komisches Viech hat der Schermuli da mitgebracht«, sagt Picobello. »Das kam mir irgendwie seltsam vor.« Max hört lieber weg – die Kunststücke fand er zwar schön, aber an das gruselige Zimperlott mag er nicht mehr denken. Ganz doll nach Mottenpulver hat es gestunken …

Es ist spät geworden. Müde läuft Max durch die Straßen Affendorfs heim zu seinem Baumhäuschen. Er ist noch ganz voll von den bunten Eindrücken – die Musik, die Lichter, das Gehüpfe und Gespringe und Geturne, das verschwindende Kletterseil und das merkwürdige Tier, an das er lieber nicht denken mag. Zu Hause klettert er schnell zu seinem Häuschen hoch, macht die kleine Tür fest hinter sich zu und setzt sich müde an den Küchentisch. Schwer sinkt ihm der Kopf auf die Brust. Da geht die Tür auf, und Kasper kommt herein – aber der hat ja drei Köpfe, und er singt immerzu »Neun und sechs und neun und sechs und neun!« Dann flötet er, eine buntgefleckte, sehr lange Schlange kriecht aus seinem Ärmel, schiebt sich leise an Max heran und sagt: »Na, du siehst aber lecker aus, mein Kleiner!«

Doch da hört Max ein Niesen, und sein Baumhäuschen löst sich in Luft auf, und er fällt und fällt und …

… und da spürt er, wie jemand ihm etwas in die Hand drückt – etwas, das er kennt. Seine Taschenlampe. Max schlägt die Augen auf, knipst den Lichtstrahl an und leuchtet in die Dunkelheit ringsherum. Da sitzt er an seinem Tisch, seine kleine Küche sieht so aus wie immer – nein, Unordnung sieht ja immer anders aus – also unordentlich wie immer. Und neben ihm steht Kasper und lacht ihn an. »Aufwachen, aufwachen,

Max!«, ruft er und rüttelt ihn. Armer Max – er hat schwer geträumt, aber er freut sich, dass niemand ihn verzaubert hat.

»Hat mich niemand verzaubert?«, fragt er zur Sicherheit noch einmal seinen besten Freund, der zu seiner großen Beruhigung jetzt auch nur noch einen Kopf hat.

»Nein«, sagt Kasper. »Und ganz ehrlich …«, setzt er an.

»… ganz, ganz doll ehrlich … ???«, unterbricht ihn Max.

»Ja, ganz, ganz doll ehrlich, Max: Niemand kann wirklich zaubern, das ist alles nur Gaukelei.«

»Auch vorhin im Zelt, bei den indischen Gauklern?«, fragt Max müde.

»Ja, auch bei den indischen Gauklern. Ganz besonders bei denen!« Und dann erklärt Kasper ihm, dass die Schlange nur ein bunter Gummischlauch gewesen ist und sich ein Affe als Zimperlott verkleidet hat. ›Darum hat das Kostüm so nach Mottenpulver gestunken‹, denkt Max. Und er ist beruhigt. Was Gaukler sind und was sie machen, weiß er nun – nämlich anderen doll etwas vor. Aber was ist indisch? Na, darüber wird er vielleicht morgen weiter nachdenken. Müde geht er schnell in sein Schlafzimmer, kuschelt sich auf sein Bananenkissen und schläft strunzmüde wieder ein.

Kasper deckt Max vorsichtig mit seiner Bettdecke zu, und dann hat er eine Idee. Geschwind klettert er hinunter auf den Boden. Dort nimmt er ganz, ganz vorsichtig das bunte Plakat vom Baum, rollt es zusammen und klettert wieder hoch in Maxens Küche. Mit Reißzwecken heftet er es an die Küchenwand. Jedes Mal, wenn Max morgens aus seinem Schlafzimmer kommt, wird er es von nun an sehen und sich immer an sie erinnern – an die indischen Gaukler.

Ein Maxenstern

Vorlesezeit: ca. 5 Minuten

Ein langer Tag geht zu Ende. Max war viel herumgerollert, Kasper hatte in seiner Werkstatt etwas gebaut. Am Nachmittag waren sie bei Picobello zu Besuch gewesen, um mit ihm Früchtetorte zu essen. Dann sind die beiden Stoffaffenfreunde in Maxens Baumhäuschen hinaufgeklettert und haben bunte Bilder getuscht.

Jetzt ist es schon spät. Und draußen noch schön warm und lauschig.

»Max«, sagt Kasper, »ich hab' da eine tolle Idee …«

Max – neugierig wie immer – kommt fix herangeturnt. »Nämlich welche … ich höre?«, sagt er und grinst.

»Was meinst du«, meint Kasper und legt eine kleine Pause ein, »was meinst du …«

»Ja, was denn schon – was meine ich?«, wird Max ungeduldig.

»Na, das will ich doch von dir hören«, meint Kasper und kann sein Lachen kaum verbergen. »Was meinst du also, wenn wir heute Nacht mal hier draußen pennen?«

»Wie – auf meiner Veranda?«, fragt Max. »Das wäre ja toll! Aber wir haben hier doch gar keine Betten …«

»Na, lass' mich nur machen!«

BANANEN

An einem dicken Ast hängt Kasper eine Bananenkiste auf und legt für Max Decke und Kissen hinein. Dann macht er selbst es sich in einer großen Hängematte bequem. Neugierig schaut eine Eule den beiden Affen zu.

Ringsum ist es sehr still. Und schnell wird es finster, in den kleinen Häusern tief unten brennt schon das Licht.

»Warum wird es abends eigentlich dunkel, Kasper?«, fragt Max und schaut hinaus in die Dämmerung.

»Ganz einfach«, erklärt Kasper. »Die Nacht legt ihr großes schwarzes Tuch über Affendorf.«

»Wer ist denn das – die Nacht?«, fragt Max neugierig.

»Die Nacht – hm, wie soll ich das sagen …«, überlegt Kasper. »Die Nacht … ist so etwas wie eine Fee.«

»Eine Fee?«, möchte Max wissen. »So eine Art Zauberin, wie im Märchen? Was macht die denn?«

»Die Nacht zaubert nicht. Aber sie ist sehr klug, und sie weiß, dass die Affenkinder abends alle schlafen müssen. Aber wie kleine Affen so sind, wollen sie nie ins Bett gehen – die wollen immer weiter spielen oder herumklettern oder Bananen essen oder dummes Zeug machen. Darum nimmt die Nacht ihr großes Tuch und breitet es sacht über ganz Affendorf. Man sieht dann kein Licht mehr, und daher wird es draußen dunkel.«

»Und dann müssen die kleinen Affen ins Bett?«

»Klar. Wenn es dunkel ist, werden die Affenkinder müde. Und wir großen Affen gehen dann auch bald schlafen, denn man kann ja draußen nichts mehr sehen.«

Max ist froh, dass Kasper ihn auch als großen Affen bezeichnet hat.

»Schau«, meint Kasper dann, »nun hat sie die Decke ganz über uns gezogen. Es ist schwarze Nacht geworden …«

Die beiden Stoffaffen sind müde und wollen jetzt schlafen. Kasper in seiner Hängematte rollt sich in eine Decke ein, und Max schaukelt noch ein wenig in dem lustigen Kistenbett. Vielleicht ist er ja doch noch nicht wirklich müde.

Und dann hat Max noch eine Frage. »Kasper, wenn die Nacht ihr Tuch über Affendorf legt, ist es aber doch nie so ganz finster«, gibt er zu bedenken. »Da drüben scheint der Mond, und ich sehe ganz viele kleine Lichter am Himmel.«

»Stimmt, Max. Das kann man leicht erklären: Die Nacht ist schon sehr, sehr alt. Und sie hat ihr dunkles Tuch schon so oft über Affendorf gelegt und über den großen Wald und über Kletterstädt und Bärenbüttel und Teddytal und alle anderen Orte, in denen die Stofftiere leben. Da ist es immer mal an einem Hausdach oder an einem Turm oder an einem Ast hängen geblieben und hat so im Laufe der Zeit viele kleine Löcher bekommen – und durch die scheint Licht ins Dunkel hinein. Das nennt man dann Sterne.«

»Und wenn ich mit meiner kleinen Taschenlampe ins Dunkel hineinleuchte – ist das dann auch ein Stern?«

»Ja, so ungefähr. Wenn andere Affen sehen, wie der Lichtschein aus dem Fenster deines Häuschens herausstrahlt, denken die bestimmt, dort leuchtet ein Stern.«

»Ein Maxenstern …«, meint Max ein wenig stolz.

»Ja, ein Maxenstern«, sagt Kasper. Und er nimmt sich ganz fest vor, rechtzeitig neue Batterien in Maxens Lampe zu stecken, damit sein kleiner Freund den Maxenstern immer schön leuchten lassen kann.

Ankunft in Affendorf, oder: Willkommen, 20. Jahrhundert!

Vorlesezeit: ca. 14 Minuten

»Huch – alles leer!« Palmenhein bekommt einen Schrecken. Gerade hat er zusammen mit Palmenklein wieder ein Häuschen bunt angestrichen, und nun plagt die beiden Stoffaffen der Hunger. Aber als Palmenhein in die Brotdose schaut, sieht er – nichts. Und das ist alles andere als viel und reicht schon gar nicht aus, um hungrige Affenbäuche zu füllen. Nichts macht nämlich nicht satt, und noch dazu schmeckt es auch nach – nichts.

Aber das ist so einem hungrigen Affenbauch piepegal – der knurrt trotzdem. Was tun? Palmenhein klettert vom Hals seiner Maler-Giraffe herunter und bindet sie an. Dann setzt er sich auf sein Reithuhn, um schnell nach Hause zu galoppieren und etwas zu essen zu holen. Palmenklein will solange der Giraffe die Farbflecken aus dem Fell bürsten.

Schnell? Nee, daraus soll so schnell nichts werden. Denn als Palmenheins Reithuhn kurz hinter Maxens Baumhaus um die Ecke biegt, ist die ganze Straße verstopft. Lauter Kamele stehen dort, immer

zwei nebeneinander. Und zwischen den Tieren hängen große Netze voller Kisten, Kästen, Kartons und Säcke. Ein riesiger Berg davon nimmt die ganze Breite der Straße ein. So emsig auch ein paar flinke Erdmännchen alles ins Haus tragen, so emsig laden andere mehr und immer mehr Kisten, Kästen, Kartons von den großen Tragetieren ab. Und Säcke.

Was das wohl ist? Palmenhein ist sehr neugierig. Und da er hier sowieso nicht vorankommen kann, steigt er von seinem Huhn. Er bindet es an einem Baum fest und beschaut sich das emsige Treiben näher. Da: Jetzt nehmen die Erdmännchen Töpfe und Pfannen und Berge von Tellern und Schüsseln aus den Tragenetzen der Kamele und schleppen alles vorsichtig ins Haus – genau in das Haus, aus dem Palmenheins Freund Moppeltönnchen vor ein paar Wochen ausgezogen ist.

›Na‹, denkt Palmenhein, ›da zieht ja wohl wieder jemand ein.‹ Und gerade, als er das gedacht hat und sich fragt, wer das wohl sein mag, hupt es hinter ihm. Erst einmal kurz, dann noch einmal, nun lang und laut. Ein ganz komisches flaches und langes Auto rollt heran und stoppt, und eine breite Tür klappt auf.

›Der neue Mieter …‹, vermutet Palmenhein.

»Platz da, Platz da«, ertönt eine Stimme, und aus dem Auto klettert ein merkwürdiges Wesen, wie es Palmenhein noch nie gesehen hat. Na ja, doch, bei genauerem Hinsehen kommt ihm das schon irgendwie bekannt vor – das Wesen, das jetzt dick und rund auf seinen kurzen Beinchen neben dem Auto steht, sieht aus wie ein Nilpferd, hat aber den Schwanz eines Krokodils. Zwei lustige kleine Ohren stehen vom Kopf ab, und rings um seine großen Glupschaugen hat es rosarote Punkte im Gesicht. ›Das sieht ja fast so aus‹, denkt Palmenhein, ›als hätte Kasper sich ein neues Faschingskostüm ausgedacht – aber nee, der verkleidet sich doch immer am liebsten als Banane.‹

»Guten Tag, werter Herr«, sagt da das seltsame Wesen zu Palmenhein und zieht umständlich seinen Hut. »Sind Sie wohl seine Exzellenz, der hochwohlgeborene und ehrwürdige Bürgermeister dieser herrlichen Stadt?«

»Guten Tag«, antwortet der Affe höflich. »Und nein, nicht wirklich. Ich heiße Palmenhein. Tagsüber bin ich als Anstreicher für die Buntigkeit der Häuser zuständig. Nachts wache ich zusammen mit meinem Hund Wuff über die Stadt. Aber Sie sind offenbar neu hier – kann ich Ihnen denn irgendwie behilflich sein?«, fragt er dann. »Soll ich Ihnen vielleicht – die Tür aufhalten?«

»Ach, wie sehr zuvorkommend wäre es, wenn Sie das täten, lieber Herr Häuserhübschbuntanstreicher!«, sagt das Wesen begeistert. »Im Übrigen: Darf ich mich vorstellen? Ich bin das 20. Jahrhundert.«

»Sehr erfreut!«, antwortet Palmenhein. ›Na‹, denkt er dann, ›das 20. Jahrhundert habe ich mir aber immer irgendwie ganz anders vorgestellt. Eher wie etwas aus dem Kalender oder Geschichtsbuch. Aber bestimmt nicht so wie eine Mischung aus Krokodil und Nilpferd. Und schon gar nicht grün und mit rosa Punkten auf der Nase.‹

»Wie ist es, junger Mann«, fragt das grüne Dingsda – äh, das 20. Jahrhundert – nun den Affen, »hätten Sie wohl Hunger? Ich muss mich nämlich nach meiner langen Reise durch die Weiten des Landes, über hohe Berge und durch tiefe, endlos scheinende Wälder erst einmal tüchtig stärken. Im Übrigen plane ich, etwas sehr Leckeres zuzubereiten. Seien Sie doch von Herzen gern mein Gast – gemeinsam speist es sich doch immer viel angenehmer als allein!«

Da spürt Palmenhein wieder, wie hungrig er ist.

»Leckeres zuzubereiten – also zu kochen, zu braten, zu backen – ist im Übrigen mein Beruf«, erklärt das 20. Jahrhundert mit freundlichem Kopfnicken. »Ich bin nämlich Koch und Erfinder der allerschmackhaftesten Gerichte. **Sie wer-den stau-nen!**«

Das 20. Jahrhundert watschelt nun schnaufend zur Haustür, und Palmenhein folgt ihm. Drinnen gehen beide direkt in die Küche. Dort kramt Palmenheins seltsamer Gastgeber in Kisten und Kästen. »Ah, ja, meine Lieblingspfanne. Und hier meine Gewürze. Ich denke, es kann losgehen!«

Das hört Palmenhein gern. Auf ein Zeichen des Kroko-Nilpferds nimmt er ein paar Teller aus einem Karton und stellt sie auf den Tisch.

»Das machen Sie ja sehr geschickt – Sie haben wohl Erfahrung als Kellner? Und im Übrigen, Herr Palmenhein: Ich bin zwar keine Schönheit, aber dafür doch eine Berühmtheit«, erklärt ihm das 20. Jahrhundert. »Gewiss kennen Sie mein Kochbuch ›Friss, bis du platzt‹. Das gefällt Affen nämlich besonders gut, denn darin habe ich der hochgelobten, einzigartig köstlichen Banane zahlreiche Seiten mit herrlichen Rezepten gewidmet.«

›Na‹, denkt Palmenhein, ›der versteht was von Bananen – da kann ich mich ja auf tolles Essen freuen. Wie gut, dass ich grad' im richtigen Moment hier vorbeigekommen bin! Und Palmenklein darf ich gewiss was davon mitbringen.‹

In der Küche hört man schon bald das Blubbern von heißem Wasser in Kochtöpfen und das Zischen der Pfannen. So umständlich das 20. Jahrhundert draußen auch herumgewatschelt ist, so flink hantiert und klappert er nun mit Messern, Löffeln, Kellen, Pfannen, Spießen und Sieben. Er benutzt seinen breiten Krokodilsschwanz als Stütze und kann so lange auf den Hinterbeinen stehen und an seinen Tischen herumwirtschaften.

Was aber wohl auf den Teller kommt? Palmenhein ist sehr neugierig. Er schnuppert ein wenig, doch er kann nur merkwürdige Gerüche erhaschen. Keine Ahnung, was da wohl zubereitet wird!

»Herr 20. Jahrhundert!«, ruft er in Richtung Küche, »Kann ich mich in der Wartezeit nicht etwas nützlich machen und beim Entladen Ihrer Lasttiere helfen?«

Aus der Küche hört er eine Stimme, die so etwas wie »Aber natürlich, überaus gern, wenn Sie so liebenswert sein wollen, das wäre ja allerallerfreundlichst!« ruft.

Und so geht Palmenhein hinaus und hilft den Erdmännchen, die vielen Kisten und Kartons ins Haus und dort in die Speisekammer zu tragen. Tolle Sachen scheinen darin zu sein: Auf den Kartons steht »Ananas von Hawaii« drauf oder

»Frischer Seetang aus der Südsee«, dort klebt ein Etikett mit der Aufschrift »Seltenste und seltsamste Gewürze aus dem Morgenlande«, und zwei Erdmännchen schleppen einen großen Korb mit frischen Kokosnüssen herein.

Als die Netze der Kamele leer sind, geht Palmenhein wieder in die Küche zu dem komischen grünen Meisterkoch. Im Flur entdeckt er ein Bücherregal, das schon eingeräumt wurde.

»Ja, da sehen Sie einige der vielen, vielen Dutzend Kochbücher, die ich geschrieben habe!«, ruft die Stimme aus der Küche.

Richtig, da steht »Friss, bis du platzt«, und daneben »Brate lecker, rühre viel – so schmeckt's auch dem Krokodil« und »Matsche, matsche, Eierkuchen – schöne Rezepte zum Selbstversuchen!«

›Was der sich da wohl an Gerichten und Menüs ausgedacht hat? Muss ja ein doller Schmeckefritze sein!‹, denkt Palmenhein. ›Und hier: »Das gelbe Wunder – die Banane als Suppe, Braten und Püree«. Na, Mahlzeit.‹

Dann endlich kommt das 20. Jahrhundert mit einer Kochmütze auf dem Kopf und einem riesigen Tablett voller dampfender Schüsseln und Teller aus der Küche. »Voilà«, sagt es, »das ist französisch und bedeutet: Da, bitte schön. Und hiermit präsentiere ich Ihnen, werter Herr Palmenhein, ein einzigartiges Begrüßungs-Menü. Ich habe es ›Die Ankunft in Affendorf‹ genannt: Als kleine Vorspeise werden wir unsere Freude an Marmeladenbrot mit Pfefferkörnern und Röstzwiebeln haben. Dann – im Hauptgang – dürfen Sie wählen zwischen Frikadellen an lila Apfelmus oder Bratwurst unter Vanillesauce – aber bitte, bitte, tun Sie sich keinen Zwang an, gewiss sind Sie Feinschmecker und genießen am liebsten sogar beides! Ich kann es selbst gar nicht abwarten, meine Gabel hineinzupiken! Als Beilage schmeckt uns Erbspüree mit Zuckerstreusel und Kartoffelstampf mit Smarties garniert, das ist mir heute besonders gut gelungen! Im Übrigen gibt es als Nachspeise eine riesengroße Schüssel Gummibärchensalat in Kräuteressig und Öl in einem Mantel aus gehackten Chilischoten!«

Palmenhein ist sprachlos. ›Örks!‹, ist das einzige, was ihm hierzu einfällt. ›Kein Wunder‹, denkt er, ›dass es aus der Küche so seltsam gerochen hat … Hoffentlich hat das 20. Jahrhundert keine Bananen verarbeitet – die wären ja ungenießbar geworden. Wer so was wohl essen mag? Der muss ja aus einem komischen Land kommen …‹

»Ach, Sie sind so zögerlich – greifen Sie ruhig tüchtig zu, junger Freund«, sagt das 20. Jahrhundert und reckt sich hoch, um Palmenhein ermutigend auf die Schulter zu klopfen. »Sie sind der erste Bewohner dieser wunderbaren Stadt, der in den Genuss meiner Kunst kommt. Im Übrigen werden auch alle anderen große Freude daran haben können, denn ich eröffne hier in Kürze eine Schmauserei, eine Art besonderes Gasthaus mit einer schier endlosen Reihe zwar ausgefallener, aber dafür besonders gelungener Kompositionen, die so nur in meiner Küche möglich sind und bereits weltberühmt wurden!«

›Weltberühmt‹, denkt Palmenhein, ›Ist das nicht das, was auch Max bei den indischen Gauklern nicht so richtig verstanden hat?‹

Palmenhein will höflich sein und seinen fröhlichen Gastgeber nicht enttäuschen. Darum bedankt er sich erst einmal

ausgiebig beim Meister der Töpfe: »Ach, lieber Herr 20. Jahrhundert«, sagt er, »so ausgefallene Gerichte habe ich ja noch nie sehen und riechen dürfen.« Doch was kann Palmenhein tun, dass er das nicht auch noch essen muss? Da hilft ihm ein Blick auf die Uhr.

Und so sagt er jetzt: »Aber leider, leider habe ich nun so gar keine Zeit mehr! Und im Übrigen« – ›habe ich da grad' im Übrigen gesagt?‹, schießt es ihm durch den Kopf – »wartet draußen mein treues Reithuhn, um das ich mich dringend kümmern muss. Ach, hätten Sie nicht vielleicht ein kleines Stück Brot – es hat gewiss Hunger.«

»Brot – ach was, Brot!« sagt der grüne Kochkünstler da entrüstet und watschelt in Richtung Küche, »Das ist mir zwar lieb und wert, aber Reithühner lieben Popcorn! Ich mache für Ihr treues Tier rasch eine große Schüssel davon!«

›Hoffentlich kippt er da nicht irgendeine schreckliche Tunke drüber!‹, denkt Palmenhein, aber tatsächlich: Als das 20. Jahrhundert kurz darauf aus der Küche zurückkommt, trägt es grinsend eine riesige Schüssel voll duftendem Popcorn vor sich her. »Ach, ein Gedicht!«, ruft er entzückt und schnuppert noch einmal daran. »Im Übrigen könnte ich da zur Verfeinerung noch eine ungewöhnlich delikate Knoblauch-Himbeer-Sauce …«

»… nein, nein, nicht nötig!«, fällt ihm Palmenhein ins Wort und greift schnell nach der Schüssel. »Meinem Reithuhn schmecken die einfachen Gerichte am besten. Und schönen Dank auch!«

Draußen rennt Palmenhein schnell zu seinem Reithuhn. ›Puh, das war knapp!‹, denkt er. ›Das muss ich nachher gleich

Palmenklein erzählen!‹ Handvoll um Handvoll stopft er sich dann Popcorn in den Mund, so hungrig ist er. Auch das Reithuhn pickt emsig in der großen Schüssel herum.

Als beide gegessen haben, bindet Palmenhein sein Huhn los und steigt in den Sattel. Noch einmal schaut er sich nach dem Haus des grünen Küchenmeisters um – der steht am Fenster und winkt mit einem großen roten Taschentuch, das schon eine Reihe fettiger Flecken hat.

»Auf bald, auf bald, lieber Gast!«, ruft das 20. Jahrhundert noch. »Ach, Herr Palmenhein, Sie ahnen gar nicht, was Ihnen entgangen ist – ich habe bereits alles aufgegessen! Also, bringen Sie nächstes Mal unbedingt viel Hunger mit. Im Übrigen ist Ihr Reittier hier auch stets gern gesehen! Speisekammer und Keller sind bei mir immer üppig gefüllt.« Dann winkt er noch mit einem seiner dicken Vorderbeinchen.

»Danke, Herr Meisterkoch«, ruft Palmenhein zurück. »Und meinem Huhn hat es tatsächlich sehr gut geschmeckt!« Dann sagt er nach einer kleinen Pause mit einem leichten Lächeln: »Und seien Sie – im Übrigen – noch einmal herzlich willkommen in Affendorf!«

Max, der Drache

Vorlesezeit: ca. 16 Minuten

Früh am Morgen: Dicke Wolken hängen über Affendorf. Nur hin und wieder kann die Sonne ihre hellen Strahlen auf den Dächern der kleinen bunten Häuser tanzen lassen.

›Ach‹, denkt Kasper, ›soll es doch regnen – ich bin heute zeitig aufgewacht, da will ich jetzt lecker frühstücken.‹ Er schlüpft aus der Tür und macht sich auf den Weg zur Bäckerei, frische Bananenbrötchen holen, eine möglichst große – ach was, besser eine ganz riesige Tüte voll. Und da sollen mindestens 100 Stück rein. Ganzmindestens!

Ein toller Plan – also los, schnellstens zum Bäcker. ›Vielleicht wird es ja die größte Tüte der Welt‹, denkt Kasper fröhlich. Wer aber die vielen Brötchen dann aufessen soll – daran denkt er nicht.

Als er an Maxens Baumhausbaum vorbeikommt, hört er etwas Ungewohntes. »Kräähhh, kräähhh«, ertönt es von oben. Merkwürdig – was ist das? Kasper vergisst seinen Bananenbrötchenplan und klettert schnell die Leiter hinauf. Oben klopft er an die Tür und ruft: »Max, Max! Was ist denn bei dir los? Was sind das für schreckliche Töne?«

Keine Antwort. Nun schaut Kasper durch das kleine Fenster in Maxens Haustür. Uh – eine hässliche Fratze glotzt heraus. Die Augen rollen und schielen, eine Zunge hängt weit aus einem breiten Maul heraus. Es sieht fürchterlich aus. Und dazu ertönt wieder das »Kräähhh, kräähhh.«

Doch dann muss Kasper lachen: Der da hinter der Tür steht, sieht doch aus wie Max. Max, der schreckliche Töne macht und Fratzen schneidet. Das sieht ja aus, als wolle er sich auf der Kirmes als Schaffner bei der Geisterbahn bewerben.

»He, Max, guten Morgen!«, ruft Kasper. »Was passiert hier denn?«

»Ich – bin – nicht – Max …«, ertönt eine hohle Stimme aus dem Häuschen. Sie klingt aber eindeutig wie die Stimme von Max.

Kasper muss grinsen. »Wer bist du denn?«, fragt er.

»Nicht wer – **was**, musst du fragen«, sagt die Stimme von drinnen.

›Na gut‹, denkt Kasper, ›ich spiel' mal mit.‹ Und er fragt dann: »Was bist du denn?«

»Ich bin es noch nicht, will es aber werden«, antwortet Max geheimnisvoll. »Und ich bin schon kurz davor …«

»Aber was ist es denn?« Kasper ist nun doch neugierig.

»Ich bin … ich bin schon fast … – rate mal!«, sagt Max, macht die Tür auf und lässt Kasper herein. Der setzt sich erst mal an den Tisch.

Und staunt: Max hat einen komischen grünen Anzug an – die Ärmel sind zu lang, die Beine zu kurz, und irgendwie sieht er wie ein alter Vorhang aus, an den jemand gelbe und rote Stoffdreiecke genäht hat.

»Also, schau nicht so lang!«, drängelt Max. »Was bin ich?«

»Na, ein Krokodil wirst du wohl nicht geworden sein, denn

die können ja gottseidank nicht hier herauf in Baumhäuser klettern«, antwortet Kasper. »Aber … hmmm …«

»Ich helfe dir«, ruft Max, »es fängt mit einem D an.«

»Na, das ist dann leicht«, grinst Kasper. »Driii… druuu… draaa… dreee… – ich hab's: Du bist eine Dronte!«

»Aber Kasper!« Max ist ganz empört: »Dronten sind doch Vögel – die kann man doch nicht mit einem Drachen wie mir verwechseln!«

»Na, dann …« Kasper macht einen lange Pause, um Max ein bisschen zu ärgern. »Dann bist du wohl – ein Drache?«

»Erraten!«, jubelt Max. »Ich sehe also schon wie ein echter Drache aus, so voll doll furchterregend-grauslich-schrecklich, und du hast das sofort erkannt!«

Kasper kann sich ein Lachen kaum verkneifen. »Na ja, wohl eher beinahe sofort.«

»Ja, endlich bin ich ein Drache!«, sagt Max stolz. »Falls du es nicht weißt: Das wollte ich schon immer sein.«

»Ein Drache? Warum denn das?«, möchte Kasper wissen.

»Na, Drachen dürfen doch alles – sie rülpsen und pupsen, wie sie wollen. Sie müssen sich nie waschen und dürfen immer in der Nase bohren. Und sie sehen so garstig aus, dass alle ihnen auf der Straße Platz machen.«

»Aber wieso bist du das denn nicht schon lange, wenn du es dir doch so gewünscht hast?«, will Kasper wissen.

»Ich wusste doch nicht, wie ich das machen sollte. Doch nun habe ich ja das Buch.«

»Welches Buch?«, fragt Kasper neugierig.

»Na, das Drachenbuch. Da war neulich so ein komischer hutzeliger Mann auf dem Marktplatz, der schob einen kleinen

Karren mit bunten Büchern vor sich her. Eines hieß »Lerne fliegen in 7 Lektionen«, und ein anderes »So werde ich Drache. 5 ganz leichte Übungen zum Nachmachen«. Toll, was? Das habe ich gegen eine gaaanz leckere Banane eingetauscht. Mann, ich sag's dir, die war aber wirklich ga-ha-haanz lecker!«

»Und Drache zu werden willst du aus einem Buch lernen? Wer hat es denn geschrieben?«

»Hier steht ein Name«, sagt Max. Und liest dann vor: »Ap-fel-si-ni-an Ba-na-ni-kus Scher-mu-li.«

»Ach«, meint Kasper, »der seltsame Zauberer aus dem Zirkuszelt. Der hat uns ja schon einmal mit seinem komischen selbstgebastelten Zimperlott an der Nase herumgeführt. Was steht denn in dem Buch drin?«, will er dann wissen.

»Ganz viel«, sagt Max begeistert. »Hör zu:

1. Übung: Schaue fürchterlich drein wie ein Drache.

2. Übung: Mache schreckliche Töne wie ein Drache.

3. Übung: Zieh' dich an wie ein Drache – möglichst grün oder braun.

4. Übung: Lass' Rauch aus deinen Nasenlöchern und Ohren aufsteigen.«

»Und wie soll man das genau machen?«, fragt Kasper.

»Das weiß ich ja nicht«, antwortet Max. »Mehr steht da nicht drin. Aber ich übe schon seit gestern, und die schrecklichen Töne klappen ganz gut. Picobello hat mir aus einem alten grünen Vorhang mein Drachenkostüm gemacht, und einen recht dicken langen Drachenschwanz bastele ich nachher auch noch. Nur das mit dem Rauch – das kann ich noch nicht wirklich.«

»Spiel' ja nicht mit Feuer!«, warnt da Kasper. »Das darfst du nie, nie, nie machen – das ist viel zu gefährlich, und nicht nur für uns Stoffaffen. Feuer ist ganz überhaupt immer und für alle doll gefährlich!«, hebt er mahnend den Finger.

»Nein«, sagt Max beruhigend. »Das weiß ich ja schon längst. Ich versuche es anders – schau her.« Und er hält sich mit einer Hand den Mund und mit der anderen die Nase zu und pustet und pustet mit voller Kraft dagegen. Max strengt sich ganz, ganz doll an: Sein Hals wird dick und sein kleiner Kopf rot. Und dann kann er die Luft nicht mehr anhalten und prustet los. Aber Kasper kann keinen Rauch entdecken, der seinem kleinen Freund aus den Ohren oder der Nase gestiegen wäre.

Max schaut ganz eierig drein. »Na?«, will er wissen, »Habe ich gequalmt?«

»Hmmm … nee«, antwortet Kasper.

»Ach, dann muss es eben ohne gehen«, meint Max da ganz entschlossen. »Warte, gleich gehe ich raus, und dann verscheuche ich sie alle, die Straßen und Plätze sind leer, und die Stadt gehört ganz allein mir! Krääh«, setzt er noch hinzu, um seine Worte zu betonen.

»Allein – ja …«, sagt Kasper.

»Was meinst du damit?«, fragt Max.

»Na, was ich sage – allein. Du wirst ganz allein sein in Affendorf, wenn alle aus Angst vor dir fortgelaufen sind.«

»Ja, so ist das eben, wenn man Drache wird«, sagt Max und will trotzig sein. Aber seine Stimme klingt doch ein bisschen unsicher. »Meinst du … dass wirklich … alle … weglaufen?«, will er dann etwas kleinlaut wissen.

»Überleg' mal«, sagt Kasper: »Kein Postaffe, keine Postgiraffe und kein Postelefant bringen dir Briefe oder Pakete. Picobello, Hopsi und Maunzerle rennen weg, wenn du zu ihnen gehst und mit ihnen dummes Zeug machen willst. Palmenhein und Palmenklein machen ihre Tür gar nicht erst auf. Das 20. Jahrhundert lässt dich nicht in sein Gasthaus, Herr Zitronenbaum schließt seinen Laden, wenn du Bananen kaufen gehst, und deine Hundefreunde Wuff und Krötine von Rennewitz bellen ganz laut und flitzen um die nächste Hausecke, wenn du in deinem grünen Kostüm daherkommst.«

»Und du?«, will Max da plötzlich wissen.

»Na, wenn du ein fertiger Drache bist und ganz, ganz schrecklich aussiehst, erkenne auch ich dich nicht mehr. Und wenn das mit dem Rauch aus Nase und Ohren irgendwann doch noch klappt, werde ich auch ganz fürchterlich ängstlich sein«, antwortet Kasper ihm.

»Nee, lieber Kasper, das sollst du aber nicht!«, protestiert Max. »Ich will dich doch weiter besuchen, und du sollst mir deine Geschichten erzählen – erlebte und geflunkerte. Und wir wollen zusammen auf den Markt zum Brausebrunnen gehen und Bananenbrause trinken!«

»Aber da wird es keine Brause mehr geben, wenn du erst richtiger Drache bist«, gibt Kasper zu Bedenken. »Wenn alle aus Angst vor dir weggelaufen sind, trinkt ja niemand mehr die Brause, und dann wird der Brunnen nicht mehr gefüllt.«

»… und Herr Zitronenbaum hat dann auch keine Früchte mehr, weil niemand da ist, der sie kauft?« Langsam scheint Max zu verstehen.

»… oder er hängt ein Schild auf, ›Drachenfutter ist alle!‹, damit du weitergehst.«

»Aber ich meine es doch lustig, wenn ich so fauche und wenn das mit dem Rauch mal klappt«, versucht Max zu erklären.

»Ja, schon – aber das weiß doch niemand«, entgegnet Kasper. »Alle denken nur, huh, da kommt ein schrecklicher Drache, und rennen fix davon.«

»Und erst recht, wenn ich mit dem gefährlichen Drachenschwanz wackele …«

»Genau – wenn du den erst einmal hast, dann sind die Straßen leer, auch ohne Rauch aus der Nase und den Ohren.«

»Aber das würde ich trotzdem schrecklich gern können«, jammert Max noch ein bisschen. »Und ich habe doch auch schon das schöne Kostüm! Soll ich das denn gar nicht anziehen?«

›Hmm‹, überlegt Kasper, ›da müssen wir ja was finden, damit Max nicht traurig sein muss …‹

»Was machen wir nur? Was machen wir nur …«, sagt er dann laut. Und dann grinst er über das ganze Gesicht: »Ich hab's: Im Käferkrankenhaus spielen sie übermorgen Theater. Das Stück heißt ›Im Wunderwald‹. Da können sie einen Drachen bestimmt gut brauchen – auch einen ohne Rauch.«

Max strahlt. Kasper nimmt sein Bananofon aus seiner Schlafanzugtasche, wählt eine Nummer und spricht dann gleich los: »Hallo, Käferkrankenhaus? Bitte verbinden Sie

mich mit Dr. Sechsbein. Nein, nicht er soll mich verbinden, sondern Sie – äh, nein, verbinden, nicht mit Verband – ach, stellen Sie doch bitte einfach das Gespräch zu ihm durch.« Und dann tuschelt er etwas, so leise, dass Max es nicht versteht.

»Sehr schön, danke!«, sagt Kasper dann wieder laut. »Ja, Herr Krankenhausdirektor, wir kommen gern!« Und dann schaut er seinen kleinen Freund direkt an: »Max, du darfst mitspielen – sie brauchen sogar ganz dringend einen Drachen!«

Da fällt der kleine Affe in dem seltsamen Kostüm seinem großen Freund um den Hals. »Ich darf Drache sein – und niemand muss Angst vor mir haben, weil alle wissen, dass es nur gespielt ist!«

»Genau. So einfach ist das. Na, dann kann ich ja jetzt meine Bananenbrötchen holen gehen«, sagt Kasper erleichtert. »Willst du nicht mit?«

»Nein, lieber Kasper«, antwortet Max, »bring' mir lieber eines mit – nee, besser zwei, denn Drachen haben immer viel Hunger. Ich übe inzwischen noch das mit dem Rauch – vielleicht klappt es ja doch.« Und schon hält er sich wieder Mund und Nase zu und prustet los. Kasper lacht und macht sich auf den Weg zum Bäcker.

Zwei Tage später. Nicht nur die kleinen Patienten des Käferkrankenhauses wollten unbedingt »Im Wunderwald« sehen – auch viele Bewohner Affendorfs drängelten sich vor der Bühne. Und als der Maxendrache hinter dem Vorhang hervorspazierte, jubelten ihm alle zu – auch ohne Rauch aus Nase und Ohren.

Nun ist das Stück vorbei. Als die Mitspieler von der Bühne kommen, steht das 20. Jahrhundert da und klatscht und klatscht und klatscht in seine fetten Pfoten.

»Bravo, Herr Max, bravo!«, ruft er begeistert. »Sie haben ja aber einen ganz wunderbaren Drachen dargestellt. Ich bin beeindruckt – sehr beeindruckt! Seien auch Sie mein Gast: Ich habe nämlich eine kleine Stärkung für alle Schauspieler vorbereitet und« – er klatscht zweimal in die Hände, und vier Erdmännchen schleppen eine großen Korb herbei – »und es gibt auch einen herrlichen Trunk zur Erfrischung: saurer Distelsaft mit Honig gemischt. Dazu mundet ganz hervorragend ein Omelette vom Straußenei mit eingelegten Ananas-, Dattel- und Lakritze-Stückchen sowie drei Hände voll Rosinen. Doch damit nicht genug: In meiner berühmten blauen Möhrchensuppe schwimmen kleine Inseln aus scharfem Chili, saurer Sahne und gezuckertem Tomatenschaum. Und wer dann noch Appetit hat, darf sich einige dick mit Senf bestrichene Scheiben Kartoffelbrot nehmen, die mit fein zerstreuselten Nüssen bestreut sind. Ich habe diese Kreation ›Morgendämmerung eines Drachen‹ genannt – Ihnen, werter Herr Max, zu Ehren.«

Die Tiere, die eben noch auf der Bühne mitgespielt haben, drehen sich um, und einige verziehen etwas das Gesicht – so richtig lecker findet wohl niemand, was das 20. Jahrhundert da wieder zusammengekocht hat. Doch da spricht er schon weiter: »Nur für das Dessert – das ist Französisch und heißt Nachtisch – hatte ich nicht mehr genügend Zeit, um etwas wahrhaft Aufregendes zusammenzustellen. Darum gibt es leider, leider nur ganz einfachen – Schokoladenpudding.«

Da jubeln alle Tiere, und die Erdmännchen heben eine sehr große Schüssel aus dem Korb. Emsig löffeln alle, so viel sie abbekommen können.

»Na, Herr Max«, sagt dann das 20. Jahrhundert, »es scheint mir ja fast, als müsse ich die vielen anderen leckeren Dinge mal wieder selbst essen. Nun, schlimm ist das nicht: Schon beim Probieren in meiner Küche hätte ich gern mehr davon genommen. Im Übrigen: Wenn Sie mal Langeweile haben, kommen Sie gern in mein Gasthaus – das Grün Ihres Kostüms mit den frischen, fein verteilten Schokoladenpuddingklecksen passt sehr schön zu meiner eigenen grünen Farbe. Und wenn Sie mir helfen, die Gäste zu bedienen, hält man Sie gewiss für meinen Sohn!«

Max schaut sich ein wenig hilfesuchend um – nein, für den Sohn des dicken Nilpferd-Krokodils will er doch nicht gehalten werden. Hurra, da kommen Hopsi und Kasper und ziehen ihn davon, noch ehe er dem 20. Jahrhundert antworten kann. Seine beiden Freunde sind ganz begeistert, wie gut Max den Drachen gespielt hat.

»Ich habe dich zuerst ja gar nicht erkannt«, sagt Hopsi und legt Max den Arm um die Schulter. »Ich dachte wirklich, da steht ein ganz, ganz echter Drache auf der Bühne – und der lässt bestimmt gleich Rauch aus Nase und Ohren aufsteigen!«

Nachdem er noch lange mit seinen Freunden gesprochen und gelacht und ihnen ein paar Drachenwitze erzählt hat, macht sich Max ganz müde auf den Heimweg. Kasper geht mit und hilft ihm, den langen Drachenschwanz zu tragen. Gemeinsam hieven sie ihn dann mit dem Bananenkran in Maxens Baumhäuschen hinauf.

Oben in der Küche liegt noch das Drachenbuch auf dem Tisch. Kasper nimmt es in die Hand.

»Sag' mal, Max«, will er dann wissen, »hast du eigentlich schon gelesen, was die fünfte Übung in deinem Drachenbuch ist?«

»Nein«, antwortet Max, »so weit bin ich noch nicht gekommen. Aber ich würde es gern wissen – lies mal vor.«

»Na gut«, sagt Kasper und blättert im Buch. »Hier, 5. Übung: Geh' nach Hause – denn vor dir sind längst alle davongelaufen. Na«, sagt er dann, »kein Wunder, dass Drachen immer so böse schauen, wenn keiner etwas mit ihnen zu tun haben will.«

»Da hast du wohl recht, Kasper«, sagt Max. »Das habe ich inzwischen gelernt: Es ist bestimmt nicht schön, wenn alle vor einem Angst haben.«

»Und ich«, sagt Kasper, »ich hab' auch was gelernt: Ich glaube, ich glaube, es gibt doch auch nette Drachen …«

Eine Kuh ist kein Pferd, oder: Der falsche Roller

Vorlesezeit: 12 Minuten

Riecht das lecker nach Bananen!

Kasper geht über den Marktplatz von Affendorf. Drüben beim Obsthändler werden von einem großen, großen Laster gerade frische Früchte abgeladen – nichts wie hin!

Aber hoppla! Ein Roller saust an Kasper vorbei und fährt ihm fast über die Füße – der ist so schnell, wie eigentlich nur der Max rollern kann.

»Max! Bist du das?«, ruft Kasper. Aber der Affe auf dem Roller schaut sich nicht mal um. Er ist braun, so groß wie Max und hat seine Mütze ganz tief ins Gesicht gezogen.

Der flinke Rollerer flitzt ganz dicht an den Affen vorbei, die über den Platz gehen. Wie ein Hase im Zickzack saust er hierhin und dorthin. He, aufpassen!

Da, ein alter Affe trägt eine große Bananenstaude – fast fährt der rücksichtslos rasende Rollerer ihn über den Haufen. Vor Schreck lässt der alte Affe seine Bananenfracht fallen.

»Ich dachte schon, das ist Max – komisch«, brummt Kasper vor sich hin. »Da hab' ich wohl falsch geguckt. So fährt doch der Max nicht ... Und der blinkeblanke blaue Roller? Ist auch nicht seiner. Aber irgendwoher kenne ich den doch ... Wem gehört der bloß?«

Am Nachmittag kommt Kasper auf dem Heimweg an Maxens Baumhausbaum vorbei.

›He‹, denkt er, ›ich schau mal rauf – vielleicht hat Max ja Lust, ein wenig Unsinn zu machen. Oder wir essen zusammen ein paar Bananen.‹

Kasper zieht am Klingelband, und oben ertönt Maxens Glocke. Aber nichts – keine Antwort, kein kleiner brauner Kopf lugt neugierig über das Geländer. Komisch – Max ist doch sonst um diese Zeit immer zu Hause.

›Ich schau' besser mal nach‹, denkt Kasper und klettert schnell die Leiter zum Baumhaus hoch. Da: Die Tür zum Haus seines Freundes steht einen kleinen Spalt breit offen. Vorsichtig geht Kasper hinein und ruft laut: »Max! Max!« Nichts – keine Antwort.

Im Wohnzimmer – kein Max. Im Esszimmer – kein Max. In der Küche – kein Max. Und in seinem Schlafzimmer – kein … Aber halt, Moment mal! Da liegt doch jemand unter Maxens Bettdecke. Und ein kleiner brauner Schwanz lugt hervor …

»Max, Max!«, ruft Kasper noch einmal.

»Es gibt hier keinen Max«, antwortet ein dünnes Stimmchen unter der Bettdecke. »Sie haben sich in der Tür geirrt!«

›Was ist denn hier los?‹, denkt Kasper verwundert. Und da sieht er, wie ein kleiner Kopf vorsichtig hinter der Decke hervorlugt. Natürlich ist es sein Freund Max.

»Willst du mich denn nicht zu Besuch haben?«, fragt Kasper den kleinen braunen Kerl.

»Ich will nie wieder was«, antwortet Max, »und vor allem nie mehr nicht auf gar keinen Fall Besuch.«

Dann zieht er sich die Decke wieder über den Kopf.

›Hm, da ist bestimmt irgendwas los mit Max‹, denkt Kasper. Er setzt sich auf die Bettkante und legt seine Hand auf die Decke.

»Was'n los, Kumpel?«, fragt er dann mit weicher Stimme.

Maxens Kopf taucht wieder hinter der Decke auf, und Kasper sieht, dass seine Augen voller Tränen sind.

»Max, ist was passiert?«, fragt Kasper erschrocken.

Max nickt still mit dem Kopf.

»Kann ich dir helfen? Los, Mann, erzähl schon …«, drängelt Kasper.

»Auch wenn es was ganz ganz furchtbar oll schrecklich doll blödes Doofes ist?«, fragt Max mit zitteriger Stimme.

»Klar, auch dann …«, versichert Kasper.

»Und sogar was … Böses?«

Was Böses? Da bekommt Kasper aber doch einen Schrecken. Hat sein lieber Max was Böses ausgefressen?

»Max«, sagt er dann, »ich bin dein Freund, und du kannst mir alles sagen – egal, was es ist! Dafür sind Freunde doch da!«

»Aber … aber … wenn ich dir das sage«, meint Max zögerlich, »dann magst du bestimmt nicht mehr mein Freund sein!«

Und in seinen Augen erscheinen wieder große Tränen.

»Max, ich bin immer, immer dein Freund«, versucht Kasper ihn da zu trösten. »Und wenn was Schlimmes ist, bringen wir das beide zusammen wieder in Ordnung. Was macht dir denn so dollen Kummer?«

»Es ist … es ist was … mit …« Wieder schluchzt Max und kann gar nicht richtig sprechen. »Es ist was … mit … Picobello«, bringt er dann doch den Satz heraus.

›Uiii jemineh‹, denkt Kasper, ›mit Picobello. Ich glaube, ich ahne was …‹ Vorhin, auf dem Weg hierher zu Max, hat Kasper nämlich Picobello getroffen. Der sonst immer so kecke Schimpanse saß ganz traurig auf einem Stein und schluchzte vor sich hin. Und als Kasper ihn fragte, warum er denn so betrübt sei, meinte er, sein schöner blauer Roller sei verschwunden. Der blanke neue blaue Roller – einfach weg!

»Max«, fragt Kasper dann ganz vorsichtig, »Max, ist was mit Picobellos … Roller?«

Da bricht Max in Tränen aus und schluchzt und schluchzt.

»Ja«, sprudelt es dann aus dem Bürschchen nur so hervor. »Ich wollte mit dem schönen blauen Roller auch mal fahren und bin einfach aufgestiegen und schnell losgesaut und Picobello hab' ich gar nicht gefragt und das ist böse und ich schäme mich so weil Picobello nun denkt ich bin ein Stibitz der ihm einfach den Roller wegstibitzt und Picobello hat keinen Roller mehr und ich habe einen Roller der mir gar nicht gehört und auf dem ich gar nicht mehr fahren mag und Pico hat so doll geweint als er dachte sein Roller sei gestohlen und heute Nacht packe ich meinen kleinen Koffer und wandere dann durch das gruselige Schattengebirge an die Küste und wenn ich unterwegs nicht von Schratten oder Zieseln gefressen werde nimmt mich vielleicht ein Schiff mit nach Amerika auch wenn ich gar nicht so genau weiß was das ist und ich schreib' auch keine Postkarte weil niemand wissen soll wo ich abgeblieben bin weil ich ja was ganz Böses getan habe und ich komme nie nie wieder nach Affendorf zurück.«

Und dann zieht Max sich wieder die Decke über den Kopf. So sehr sich Kasper auch bemüht, seinen Freund zu beruhigen – Max bleibt unter seiner Decke und will nichts mehr hören und sehen.

›Na‹, denkt Kasper, ›so kann das ja wohl nicht bleiben – Pico braucht seinen Roller, und wir brauchen Max. Mal sehen, wie wir das wieder ausbeulen können. Aber ich hab' da eine Idee …‹

Kasper schaut ganz vorsichtig unter Maxens Decke – der ist eingeschlafen. Ganz, ganz leise geht Kasper aus dem Zimmer und turnt die Leiter von Maxens Baumhäuschen hinab. Im kleinen Schuppen hinter dem Baum entdeckt er tatsächlich Picobellos Roller – den hat Max hinter Kisten und Brettern und Kartons versteckt.

Kasper holt den Roller hervor und schaut ihn gründlich an – nee, alles in Ordnung, da ist nichts kaputt oder verschrammt oder schmutzig. Dann rollert Kasper los, durch die Straßen von Affendorf, bis zu Picobellos kleinem Häuschen.

Pico sitzt noch immer auf dem Stein und schaut traurig in die Gegend. Doch dann sieht er Kasper angerollert kommen. Da wird sein Gesicht wieder fröhlich.

»Mein Roller, mein Roller!«, ruft er und klatscht vor Freude in die Hände. »Wo hast du den denn gefunden?«

»Das«, sagt Kasper, als er direkt vor Picobello anhält, »das ist eine ganz olle Geschichte. Aber wart', ich erzähle sie dir.«

Und dann erklärt Kasper seinem Freund Picobello, wie Max den neuen Roller gesehen hat und soo, soo gern damit mal fahren wollte.

»Weißt du, Pico«, fängt Kasper an, »Manchmal kann eine Kuh ein Pferd sein.«

Pico muss lachen. »Eine Kuh – ein Pferd? Das ist doch Tüddelkram!«, sagte er dann.

»Aber meinst du nicht, dass Dinge manchmal anders aussehen, als sie in Wirklichkeit sind?«, fragt Kasper dann.

»Klar, das weiß ich«, antwortet Picobello.

»Und so ist das auch mit deinem Roller«, beginnt Kasper zu erzählen. »Du denkst, der Roller wurde gemopst, und es sieht ja auch so aus – aber es stimmt gar nicht.«

Pico lauscht Kasper mit großen Augen. »Aber wieso ist mein Roller denn weg gewesen?«, fragt er verwundert.

»Weil ein Affe soo, soo gern mal damit fahren wollte. Und in seiner Aufregung hat dieser Affe ganz vergessen zu fragen, ob er das darf.«

»Dann war der Roller also gar nicht stibitzt …«, sagt Pico langsam.

»Nein, es sah nur so aus«, erklärt Kasper. »Und dieser Affe, der so gern mal rollern wollte und einfach losgefahren ist, schämt sich sehr, sehr dafür. Und er will deswegen für immer aus Affendorf fortgehen.«

»Aber man kann schon mal vergessen zu fragen. Das ist zwar doof, aber nicht schlimm und auch nicht bös gemeint«, sagt Picobello verständnisvoll.

»Aber Max findet schlimm, was er getan hat. Und heute Abend will er über die Berge wandern – fort von hier, für immer.«

»Nein, nein«, ruft Pico da. »Ich habe ja nur **gedacht**, dass der Roller stibitzt war, und klar, dass Max damit auch mal fah-

60
Cent

Tula Media

Postfach 1171

29452 Hitzacker

Illustration: Jan Bauer • Klimaneutral hergestellt durch hansadruck, Kiel

Wenn Ihnen die Geschichten von Max und Kasper gefallen haben, informieren wir Sie gern über kommende Neuerscheinungen. Tula Media

Bitte benachrichtigen Sie mich über

- ☐ neue Geschichten aus Affendorf
- ☐ Lesungen in meiner Region

Name:
Straße:
Ort:
E-Mail:

Ich bin mit Werbeinformationen von Tula Media einverstanden. Meine Daten dürfen ausschließlich zu diesem Zweck genutzt und nicht an Dritte weitergegeben werden. Ich kann diese Erlaubnis jederzeit widerrufen.

Ort, Datum

Unterschrift

Unser Programm: www.tulamedia.de

Kontakt: post@tulamedia.de

ren wollte. Aber jetzt ist doch alles wieder gut. Mein Roller ist wieder da, und Max muss doch gar nicht fortgehen!«

»Also hat die Kuh wie ein Pferd ausgesehen?«, fragt Kasper. »Du dachtest, der Roller wurde stibitzt, aber er war nur ausgeliehen.«

Pico muss lachen. »Ja, so hat die Kuh tatsächlich wie ein Pferd ausgesehen«, kichert er.

Und dann beratschlagen Pico und Kasper, was sie tun können, damit Max sich nicht mehr schämt und bei seinen Freunden in Affendorf bleibt.

Am nächsten Morgen klettert ein ganz trauriger kleiner Max die Leiter seines Baumhauses hinunter. Eigentlich wollte er ja schon gestern Abend auswandern, aber er hat so fest geschlafen.

Als er am Boden angekommen ist, sieht er zu seiner großen Verwunderung dort Kasper stehen. Und Picobellos toller blauer Roller lehnt am Baum.

Am Lenker hängt ein großer Zettel

»Lies mal«, meint Kasper.

»Lie-ber Max«, fängt Max an zu lesen – »du, das bin ja ich!«

»Weiter, ich weiß doch, dass du Max bist«, drängelt Kasper.

»Du darfst mei-nen neu-en Rol-ler im-mer gern ha-ben, wenn du mal rol-lern willst, aber stell' ihn dann ein-fach wieder vor mein Häus-chen.«

Max schaut Kasper ganz verwundert an. »Ob Picobello gar nicht weiß, dass ich ohne zu fragen seinen Roller ausgeliehen habe?«, fragt er.

»Lies mal weiter«, muntert Kasper ihn auf.

»A-ber sag mir dann bit-te Be-scheid, dann den-ke ich nicht, dass ihn je-mand ge-maust hat und muss nicht trau-rig sein. Dein Freund Pi-co-bel-lo«

Max strahlt über das ganze Gesicht. »Mein Freund Pico!«, sagt er erleichtert. »Der ist mir gar nicht böse …« Und damit fällt Max seinem Freund Kasper lachend um den Hals.

»Hast du nicht was vergessen?«, fragt Kasper da.

»Vergessen?«, stutzt Max.

»Na, Max – wolltest du nicht deinen Koffer packen und fortgehen?«, grinst Kasper ihn an.

Da grinst auch Max. »Ja«, sagt er, »aber nur, wenn ich zusammen mit Picobello verreise. Und vielleicht – fahren wir ja auf unseren Rollern …«

»… nach Amerika!«, lacht Kasper. »Na, denn rollert man tüchtig los!«

Fitzefein

Vorlesezeit: ca. 15 Minuten

»Oll doll!«, ruft Max laut und stampft mit seinem kleinen Fuß auf. Er scheint ein bisschen gritzig zu sein.

Scheint?

Nee, er **ist** richtig gritzig. Mit Hopsi und Kasper ist er in den Garten gegangen, um Äpfel zu pflücken. Aber ohne klettern!, haben sie verabredet – jeder pflückt nur die Früchte, die er vom Boden aus erreichen kann.

Da steht der Max nun unter dem Baum. Und wie immer hängen die allerschönsten Äpfel so hoch, dass er sie nicht packen kann.

»Ich bin einfach zu klein, und ihr könnt mich gar nicht brauchen«, jammert er. »Nie komme ich an die Äpfel dran! Meine Arme und Beine sind zu kurz! Das einzige, was ich machen kann, ist Fallobst aufzusammeln – aber ich will kein Fallobst aufsammeln!«

»Ach, das glaubst du nur«, meint Hopsi. »Schau mal, an den Apfel da oben komme ich auch nicht dran.« Und er zeigt nach oben in die Äste.

»Ja, **der**! Der hängt ja auch wirklich viel zu hoch, und man muss mindestens sieben Leitern aneinanderbinden, um da anzukommen«, meint Max.

»Der ist bestimmt da oben gewachsen, damit ihn sich ein hungriger Riese nehmen kann«, überlegt Hopsi.

Doch das kann Max nicht von seinem Kummer ablenken. Er zeigt auf zwei andere Äpfel: »Aber der da und der da – die kannst **du** pflücken, Hopsi, aber ich nicht! Lange Beine wie eine Giraffe und lange Arme wie ein Gibbon – das hätte ich gern …«

»Na«, lacht Kasper, »wie würde das denn aussehen!«

»Komisch …«, meint Hopsi.

»Aber jetzt sehe ich als Affenzwerg doch auch komisch aus!«, jammert Max.

»Ach, Max, du oller Trötenheinz«, scherzt Kasper, »komm, sei wieder fröhlich!«

Doch nichts hilft. Seine Freunde können Max nicht aufmuntern.

Er ist sogar richtig wütend: »Na, wartet, ihr doofen Äpfel – ihr denkt wohl, wenn ihr so hoch oben wachst, krieg' ich euch nicht!«, ruft er und droht mit seiner kleinen Faust. »Ha – da habt ihr aber falsch gedacht, gleich seid ihr alle mein! Nehmt das!« Max trampelt vor Zorn gegen den Baum, damit alle Äpfel zu ihm runterfallen. Aber nein – kein Apfel fällt herab, nur Maxens kleiner Fuß tut weh, so doll hat er getreten.

Als alle Früchte im Korb liegen, setzen sich die drei Stoffaffen ins Gras und trinken eine Bananenbrause. Und gleich fängt Max wieder an zu klagen, dass er so klein ist – zu klein für einfach alles.

»Ist doch nicht schlimm, wenn andere größer sind«, sagt Kasper zu Max. »Es gibt nun mal große und kleine Tiere, auch bei uns Stoffaffen, und das muss auch so sein.«

»Muss es für mich gar nicht!«, gnegelt Max und reibt sich seinen schmerzenden Fuß. »Es reicht doch, wenn andere klein sind – warum kann ich denn nicht groß sein?«

»Na, ich finde es nicht schlimm, dass du ein bisschen weniger groß bist als Hopsi oder Maunzerle oder Palmenhein«, meint Kasper.

»Aber ich! Aber wohl! Du bist ja selber groß und weißt gar nichts vom Kleinsein!«, meckert Max. »Einmal, auf dem Markt, hat mich ein Großer weggeschubst und ›Platz, da, du Knirps!‹ gesagt. Ich hätte bestimmt doll geweint, wenn meine liebe Krötine den nicht so angeknurrt hätte, dass er gleich weggelaufen ist.«

»Wenn du unbedingt groß sein willst, Max, dann …« – Kasper macht eine kurze Pause – »… dann könnte ich da vielleicht was machen«, sagt er so ganz beiläufig.

»Was machen?«, fragt Max und schaut Kasper ganz neugierig an. »Was meinst du damit?«

»Weißt du was, Max? Ich könnte für dich einen Maximator bauen. Da stecke ich dich oben rein – und eine kleine Viertelstunde später kommst du am anderen Ende ganz groß wieder heraus.«

»Maximator? Ist das eine Zauber-Maschine?«, erkundigt sich Max. Zauberei ist ihm nämlich nicht ganz geheuer.

»Nöö, nicht direkt«, beruhigt Kasper ihn. »Das geht ganz einfach: Was man am einen Ende reintut, kommt am anderen groß wieder heraus. Du kennst das vom Vergrößerungsglas: Bei einer Lupe sehen kleine Dinge ja auch groß aus, wenn man hindurchschaut. So ähnlich funktioniert das auch in meinem Maximator – nur eben in echt und für immer.«

»Toll!«, ruft Max begeistert. Offenbar hat er ganz vergessen, dass ihm sein Fuß wehtut. »Muss ich was mitbringen?«

»Dich – nur dich«, sagt Kasper und grinst.

»Ach, dann ist das ja ganz einfach. Ich bringe mich ja immer mit, wenn ich wo hingehe«, antwortet Max keck und grinst auch. Dann steigt er auf seinen Roller, klingelt noch einmal kurz und fährt heim, dass der Wimpel nur so flattert.

›Hm‹, denkt Kasper. ›Was habe ich da nur wieder gesagt. Maximator … Da muss ich mir ja wohl schnell was einfallen lassen.‹ Er kratzt sich einen Moment lang am Kopf, dann muss er grinsen. ›Ach, ich weiß schon …‹

Er holt sein Motorrad, setzt sich eine halbe Kokosnussschale auf den Kopf und knattert davon. Draußen vor der Stadt steuert er auf die große Scheune zu, in der sein Elefantenfreund Tröti wohnt. Der freut sich sehr über den Besuch.

»Tröti, kriegst du dein Futter nicht immer in so großen, großen Kisten geliefert?«, fragt Kasper. »Hast du davon vielleicht eine für mich?« Und dann erklärt er dem Elefanten seinen Plan. Tröti ist begeistert – klar, dass er Kasper helfen wird. Zusammen mit dem Affen schleppt der Elefant eine leere Futterkiste aus dem Schuppen herbei.

Zuerst nimmt Kasper einen Pinsel und malt über die Aufschrift »Elefantenfutter« das Wort »Maximator« auf die riesengroße Kiste. Dann nimmt er eine Säge und sägt oben ein kreisrundes Loch in den Deckel. An der Seite baut er eine Holzklappe als Tür ein.

»Hm, Tröti, ich brauche noch so etwas wie eine Rutsche«, meint er dann. Und tatsächlich: Nach einigem Suchen kommt

Tröti und hat eine im Rüssel, aber die ist ziemlich verbogen. »Als kleiner Elefantenjunge bin ich da immer gern drauf gerutscht, nur war ich bald viel zu groß und schwer dafür«, erzählt er.

»Na, die biegen wir schon wieder gerade«, antwortet Kasper. Er hämmert und dengelt und biegt ein bisschen, dann schraubt er sie oben auf der Kiste neben dem runden Loch fest.

»So, fast fertig«, meint er schließlich. »Nun muss der Maximator nur noch hübsch bunt angemalt werden.« Max soll nicht erkennen, dass es in Wirklichkeit nur eine Elefantenfutterkiste ist. Tröti malt mit einem dicken Pinsel rot, Kasper blau und gelb, bis der Maximator kakelbunt aussieht.

Inzwischen ist es Abend geworden, aber etwas fehlt noch. Kasper nimmt den Pinsel, malt einen roten Punkt auf den Maximator und schreibt eine 2 darüber.

»Tröti, wenn Max morgen kommt, musst du mir helfen. Stelle dich dann hinter die Kiste und mach' ein paar Geräusche – irgendwie so, dass es klappert und quietscht. Es soll so klingen, als wenn der Maximator eine richtige Maschine ist, die Krach macht.«

»Wird gemacht«, meint der Elefant, dann bringt er den Affen zur Tür, und Kasper saust auf seinem Motorrad heim.

Am nächsten Morgen wacht Max schon ganz früh auf und springt aus seinem **kleinen** Bett. Da schaut die Postgiraffe durch sein **kleines** Küchenfenster und gibt ihm geheimnisvoll schweigend einen Zettel.

»Komm bald zu Tröti, dann ist klein vorbei. Kasper« steht da drauf.

Max ist ganz aufgeregt. Er setzt sich noch an seinen **kleinen** Tisch und isst ein Honigbrot, dann klettert er die Leiter von seinem **kleinen** Baumhäuschen herab, stellt sich auf seinen **kleinen** gelben Roller und saust ab – zu Tröti.

Dort wartet Kasper schon auf ihn. »Augen zu!«, sagt er zu Max und führt ihn in Trötis große Scheune. Als Max wieder gucken darf, sieht er eine riesengroße Kiste. »Ma-xi-ma-tor«, entziffert er die Aufschrift. An einer Seite lehnt eine Leiter. »Los, steig' mal hoch«, ermuntert ihn Kasper. Oben ist die Rutsche aufgebaut, und neben dem runden Loch steht ein Schild »Klein hier hinein!«

»So, Max«, sagt Kasper feierlich. »Wenn du willst, Max – also, wenn du es ganz, ganz wirklich willst, dann … wirst du gleich groß. Kletter' noch weiter hoch, auf die Rutsche – ich hab' da ordentlich Wachs draufgeschmiert, dann kannst du schon wachsen, bevor du im Maximator verschwindest.«

Jetzt findet Max die Sache aber richtig unheimlich. ›Im Maximator verschwinden‹ – das klingt ja voll doll gruselig. Er klettert sehr zaghaft auf die Rutsche und sieht dabei nicht gerade glücklich aus.

»Ach, Kasper«, sagt er von oben mit ganz zitteriger Stimme. »Da fällt mir ja grad' was ein.« Max klettert flink wieder von der Rutsche herab. »Wenn ich ganz groß da unten herauskomme – dann passen mir ja meine Sachen gar nicht mehr, die ich zu Hause habe! Und überhaupt, zu Hause: Ich kann dann ja gar nicht mehr in meinem kleinen Häuschen wohnen, und mein Tisch ist zu niedrig und mein Bett zu kurz …«

»Ach, denk nicht dran«, winkt Kasper ab. »Dann ziehst du einfach um, und wir bauen dir große Möbel! Aber stell' dir mal vor: Du kannst bald alle Äpfel pflücken, egal, wie hoch am Baum die wachsen!«

»… und weißt du noch, als wir auf unserer Reise an die Küste im Schattengebirge die Panne hatten?«, fragt Max dann und klettert vorsichtig wieder vom Maximator herunter. »Da konnte nur ich helfen, weil ich zwischen die Felsen krabbeln und die verlorene Schraube wiederholen konnte. Und zur Quelle kriechen und Wasser holen, das konnte von euch Großen auch keiner – nur ich.«

»Ja, wir anderen waren alle zu groß«, stimmt Kasper ihm zu. »Nicht auszudenken, was passiert wäre, wenn du auch groß gewesen wärst. Dann würden wir da wohl noch heute durstig rumsitzen …«

»Vielleicht …«, sagt Max und macht eine lange, lange Pause. »Vielleicht … ist es ja doch gar nicht so doof, klein zu sein?«

»Finde ich ja schon immer«, meint Kasper. »Kleine sind genauso mutig und klug wie Große, und sie sind ebenso gute Freunde. Aber dass sie klein sind, macht sie sogar ganz besonders. Und wir wissen ja am allerbesten, dass manchmal eben nur Kleine helfen können.«

»Ja, nur Kleine!«, sagte Max stolz. »Wie ich!« Dann geht er um den Maximator herum und schaut sich die Tür an. Dort hat Kasper vorhin noch schnell »Warenausgabe, nur große Größen« angeschrieben.

KLEIN HIER HINEIN↓
MAXIMATOR
2.0

»Wie groß wird man denn im Maximator?«, fragt Max dann.

»Ach, weiß ich nicht – so richtig groß eben«, prahlt Kasper und breitet die Arme aus. »Vielleicht sogar so groß wie ein Elefant.«

»Sooo groß?«, fragt Max.

»Ja, vielleicht sooo groß – das kann vorher niemand sagen, das macht allein die Maschine. Und ich hab' sie auch noch nie ausprobiert – keine Ahnung, was dabei das Ergebnis sein wird … Aber das können wir ja bald sehen.« Dann zeigt er auf den roten Punkt mit der 2. »Hier – ich kann den Maximator nicht nur einschalten, ich kann ihn sogar zweischalten. Dann wirst du da drinnen bestimmt extra super spezial-groß!« In diesem Moment ertönen schreckliche Quietsch- und Klappergeräusche, und es poltert laut.

»Hmm«, macht Max nur. Jetzt ist ihm die Sache endgültig nicht mehr geheuer. »Und da soll ich dann wieder rauskommen?«, fragt er und zeigt auf die Tür. »Wenn ich aber so groß werde wie ein Elefant, passe ich doch gar nicht mehr durch diese Klappe! Dann muss ich wahrscheinlich für immer im Maximator sitzen bleiben – nee, da klettere ich nicht hinein!«, sagt er dann fest entschlossen.

»Hast du wohl ein wenig Angst?«, fragt Kasper und will seinen Freund ein bisschen necken.

»Nee«, antwortete Max. »Ich finde nur, es ist doch ganz schön, klein zu sein. Da ist man wenigstens nicht so groß wie die anderen. Und wenn **du** nach zwei Bananen noch Hunger hast, bin ich nach einer schon satt. Dann muss ich mir nicht so oft neue holen.«

»**Du**? Nach einer Banane schon satt?«, lacht Kasper ungläubig. »Das möchte ich sehen!«

»Na ja«, sagt Max, »wenigstens so ziemlich. Und es muss auch eine richtig große Banane sein. Als Affe kann man vielleicht doch ganz gut klein sein, aber nicht als Banane!«

»Na komm, Max«, lockt Kasper dann noch einmal, »komm und werd' groß!«

»Oh nein, dann kann ich ja auch gar nicht mehr auf meinem Roller fahren und mit Krötine um die Wette flitzen! Ich bleib' lieber genau so, wie ich bin.«

Tröti, der lächelnd neben dem Maximator steht und keine Geräusche mehr machen muss, zwinkert Kasper verschmitzt zu. ›Gut gemacht, Kasper‹, denkt er.

»Übrigens«, sagt Max dann, »weißt du eigentlich, warum es viel besser ist, klein zu sein?«

»Na?«, sagt Kasper, der sonst ja eigentlich alles weiß, ist nun doch richtig neugierig.

»Schau mal«, erklärt Max und hebt ganz wichtig seinen Zeigefinger. »Ich kann so gut auf meinem kleinen Stuhl sitzen – aber du bist viel zu groß und dick dafür. Doch es ist sogar noch viiiel besser: Ich kann nämlich auf kleinen **und** auf großen Stühlen sitzen – du aber nur auf großen.«

»Na, okay«, meint Kasper dann zu Max, »da hast du wohl recht. Auch gut, dann arbeite ich mal an meinem Maximator weiter – vielleicht kann ich ihn ja zu einem Bananisator umbauen, der aus kleinen Bananen große macht. Und für Tröti aus einem kleinen Heubündel ein riesig großes …«

»Aber dann rufst du mich sofort an, versprochen?«, meint Max, und ihm läuft schon das Wasser im Munde zusammen.

›Vielleicht‹, denkt er, ›kann ich dann ja doch zwei große Bananen verdrücken …‹

»Versprochen!«, sagt Kasper.

Max winkt Kasper und Tröti noch einmal ganz erleichtert zu, dann geht er wieder hinaus. Emsig rollert er nun durch die Straßen, heim zu seinem kleinen Baumhäuschen. Und erst ganz leise, dann immer lauter singt er:

»Es ist so fein
klein zu sein –
so klitzeklein,
so fitzefein.

Klein zu sein – ist toll!
Groß zu sein – ist oll!
Groß sind die allermeisten,
klein sind die Allerfeinsten.
Fein sind die Allerkleinsten
und ich bin einer der Kleinsten.

So klitzeklein,
so fitzefein.
Nichts ist so schön,
wie klein zu sein.«

Tiere retten

Vorlesezeit: ca. 11 Minuten

Klingeling. Klingeling.

Max steht mit seinem Roller vor einem kleinen Häuschen. Hier wohnt Krötine von Rennewitz, seine Hundefreundin. Mit der flitzt er immer so gern durch die Straßen von Affendorf – Max rollert dann ganz schnell auf dem Roller, und Krötine rennt auf ihren vier flinken Beinen nebenher. Das macht soo Spaß!

Klingeling. Max macht sich noch mal extra doll laut mit der blitzeblanken Klingel an seinem Roller bemerkbar. Er hat sie doch besonders fein poliert, weil Krötine die Klingel so gern im Sonnenlicht blinken und blitzern sieht. Aber nichts – die Hündin hört ihn nicht.

›Komisch‹, wundert sich Max, ›wo ist denn Krötine? Wir sind doch zum Flitzen verabredet.‹ Aber das hat Krötine wohl vergessen. ›Schade‹, denkt Max noch und wird ein bisschen traurig. Er will grad' wieder davonrollern, da geht ein kleines Fenster auf. Ganz verschlafen guckt das graue Hundemädchen heraus.

»Oh – habe ich dich geweckt?«, fragt Max.

»Hm … ein bisschen«, gähnt die Hündin müde und reibt sich mit einer Pfote die Augen. »Macht aber nix – bin erst heute früh bei Sonnenaufgang heim und in meinen Hundekorb gekommen.«

»Wollten wir nicht zusammen flitzen?«, fragt Max.

»Na klar!«, antwortet Krötine. »Aber komm doch erst mal rein – ich will vorher gern noch was essen. Ich koche uns auch einen schönen Becher Kakao.« Und sie macht die Tür zu ihrem kleinen Häuschen weit auf.

»Ui«, staunt Max, »bei dir ist es aber ordentlich!«

»Na, ich bin doch keine Schlunze!«, sagt Krötine. »Ich mag es, wenn alles an seinem Platz ist – muss ja nicht überall Zeugs rumliegen, oder?«

»Ach, bei mir schon«, grinst Max ein bisschen verlegen – in diesem Moment findet er es ausnahmsweise mal gut, dass Krötine nicht die Leiter zu seinem Baumhäuschen hinaufklettern kann. Die würde sich wundern, **was** da bei ihm so alles rumliegt …

Kurz darauf sitzt Krötine mit Max am Tisch und isst ihr Frühstück. Max freut sich über den leckeren Kakao.

»Wo warst du denn so lange?«, will Max wissen

»Ich war die ganze Nacht mit Kasper, Maunzerle und Hopsi unterwegs. Wir sind weit hinaus in die Städte der Menschen gefahren, um fortgeworfene Stofftiere aus den Mülltonnen zu retten.«

»Toll!«, sagt Max. »Das hatte ich eigentlich auch geplant, aber die drei wollten schon vor der Abenddämmerung aufbrechen, und ich konnte nicht so früh weg. Wie war's denn?«

»Kasper und Maunzerle sind auf dem Motorrad vorausgefahren«, berichtet Krötine. »Und Hopsi und ich sind ihnen mit dem Bananenlaster gefolgt. Den hat uns Herr Zitronenbaum geliehen. Hunde«, erklärt sie dann, »können nämlich nicht so gut auf einem Motorrad sitzen …«

»Seid ihr denn weit gefahren?«, will Max dann wissen.

»Ich glaub' schon«, antwortet Krötine. »Es hat ganz schön lang' gedauert, bis wir ankamen. Und ich fand es auch sehr aufregend – einfach in die Städte der Menschen zu fahren. Wir kamen erst an, als es schon voll doll dunkle Nacht war, aber in den Straßen gab es überall sooo viele Lichter! Und Autos – ich sag's dir! Aber der Lärm und der Gestank haben mir gar nicht gefallen. Und es war da überall voll schmutzig!«

»Klar«, meint Max, »du hast ja auch eine sehr feine Nase und kannst sooo gut hören.«

»Als wir ganz vorsichtig ein wenig in die Stadt hineingefahren waren«, erzählt Krötine weiter, »hat Kasper uns ein Zeichen gegeben. Wir haben dann das Motorrad und den Bananenlaster hinter einem großen Gebüsch versteckt und sind zu Fuß weitergegangen.«

»Versteht sich«, nickt Max, »ihr wolltet ja nicht auffallen. Menschen sind schon manchmal arg komisch und mischen sich in Sachen ein, die sie gar nix angehen. Immer wieder werden alte Stofftiere achtlos fortgeworfen, und wenn wir sie holen wollen, will man uns verjagen oder einfangen. Na, irgendwer muss die doch retten!«

»Ja, nämlich wir! Und darum habe ich doch so gern geholfen«, nickt Krötine stolz. »Kasper meinte, sonst fährt immer der Wuff mit. Aber der ist grad' mit Palmenhein nach Krötendeich in Ferien gefahren und konnte deswegen nicht. Und da durfte ich mitkommen.«

»Ja, nachts braucht man schon einen Hund, der alles hört und sieht und ganz doll aufpasst, während wir die Stofftiere suchen«, nickt Max. »Hat denn alles gut geklappt?«

»Zuerst ja«, antwortet Krötine. Und dann berichtet sie: »Wir sind sehr langsam und leise durch enge Gassen geschlichen. Einer hat immer vorsichtig um die Ecke geschaut, ehe wir andern gefolgt sind. Und wenn da Mülltonnen standen, haben wir angeklopft und leise gerufen, ob da jemand drinsitzt. Einmal huschte eine fette Ratte heraus, da haben wir alle einen argen Schrecken bekommen. Nach einer Weile – wir waren in einem engen Hof am Ende einer schmalen Gasse – haben wir aus einer Mülltonne leises Weinen gehört. ›Da sind Tiere in Not‹, meinte Kasper leise zu uns und hob die Hand. ›Haltet aus, wir kommen!‹, rief er dann etwas lauter. Doch plötzlich wurde es in dem Hof ganz, ganz laut und hell – ein Müllauto kam angefahren und wollte grad die Tonnen aufkranen und leer machen, in denen wir das Weinen gehört hatten. Da haben wir uns alle blitzschnell versteckt. ›Oje‹, sagte Hopsi erschrocken, ›was sollen wir nur tun?‹ ›Ganz einfach!‹, flüsterte ich – und bin flink aus meinem Versteck ins Licht gelaufen und habe arg gebellt.«

»Und die Müllmänner?«, fragt Max aufgeregt.

»Die haben natürlich einen großen Schrecken gekriegt«, nickt Krötine, »und sind erst mal ein Stück weggegangen. Und in der Zeit sind Kasper und Maunzerle fix an den Mülltonnen hochgeklettert, haben sie aufgemacht und die Tiere gerettet. Sonst wären die wohl für immer in dem riesigen Müllauto verschwunden.«

»Doll!«, staunt Max. »Du bist aber mutig!«

»Nee, nicht so mutig, wie du jetzt vielleicht denkst – ich bin lieber vorsichtig. Aber mal so hinrennen und bellen, das kann ich gut.«

»Und damit hast du ein paar Tiere gerettet!«, sagt Max und ist ganz stolz auf seine Freundin.

»Ja, die hätten sich allein nicht helfen können – eine kleine Plüsch-Giraffe mit abgeknicktem Hals, eine Stoffkatze, der die Glasaugen rausgefallen waren, und ein dicker Teddy mit aufgeplatztem Kopf, aus dem schon das Stroh herauskam. Und sein Fuß sah auch ganz abgeschrabbelt aus. Die haben wir versteckt, bis das Müllauto wieder fort war.«

»Na, die haben doch gewiss arg gestunken …«, meint Max.

»Und sie haben zuerst sehr geweint. Nicht, weil ihnen was wehtat – aber weil man sie fortgeworfen hat«, sagt Krötine voller Mitleid. »Doch als sie merkten, dass wir ihnen helfen, waren sie ganz schnell wieder froh!«

»Das ist vielen von uns so gegangen«, nickt Max.

»Hopsi hat der Giraffe den abgeknickten Hals mit einem Stock geschient, und ich hab' sie dann ganz vorsichtig im Maul getragen. Die Katze und der Teddy sind auf meinem Rücken geritten. Weil niemand uns entdecken sollte, sind wir wieder ganz, ganz vorsichtig geschlichen und haben oft abgewartet, wenn wir Geräusche gehört haben.«

»Aber es ist doch alles gutgegangen, oder?«, fragt Max besorgt.

»Ja, zum Glück, aber es wurde noch sehr gefährlich. Grad', als die geretteten Tiere auf den Bananenlaster geklettert waren, tauchte ein heller Lichtstrahl auf, und eine strenge, böse Stimme rief ›Halt! Wer da? Was machen Sie da??‹«

»Das war eine Taschenlampe!«, sagt Max. »Und ihr – was habt ihr gemacht?«, fragt er dann mit großen Augen.

»Es war ein Mensch, der gar nicht nett aussah. Kasper ist dann aus dem Schatten hervorgesprungen, ist ein wenig im Lampenschein herumgehampelt und herumgetanzt, hat dem Menschen eine lange Nase gemacht und ist dann in Windeseile mit seinem Motorrad davongeknattert. Der Mensch ist ihm hinterhergerannt, und so konnten wir anderen ungestört mit dem Laster losfahren«, berichtet Krötine.

»Doll!«, ruft Max. »Und dann?«

»Der kluge Kasper hatte sich so was wohl schon vorher gedacht. Darum hatten wir einen Treffpunkt in einem kleinen Wald außerhalb der Menschenstadt verabredet. Es hat lange gedauert, bis wir da ankamen, denn wir mussten uns ja einen Weg durch dunkle Gassen und über unbeleuchtete Wege suchen, damit uns niemand entdeckt. Hopsi ist gefahren, und Maunzerle und ich saßen hinten auf dem Laster. Maunzerle hat sich um die geretteten Tiere gekümmert, sie gepflegt und ihnen zu trinken gegeben. Und ich habe immer in alle Richtungen geschaut und gelauscht, ob wir auch sicher sind. Manchmal bin ich auch ein Stück vorausgelaufen und habe geguckt, ob dort Gefahr lauert. Am Ziel wartete Kasper schon auf uns – er hatte seinen Verfolger abgeschüttelt.«

»Mein Kasper kann alles!«, jubelt Max stolz. »Ja, der weiß, wie man's macht!«

»Weil er von der Verfolgungsjagd ganz müde war, haben wir sein Motorrad auch auf den Laster geladen und sind dann stundenlang durch die Nacht zurück nach Affendorf gefahren. Kasper konnte schlafen, und Maunzerle hat auch mal den

Laster gesteuert. Und ich hab' weiter aufgepasst, damit auch niemand vom Laster fällt, wenn er einschläft.«

Max freut sich, dass seine Hundefreundin so mutig geholfen hat, und streichelt ihr den Rücken.

»Kurz vor dem Morgengrauen sind wir wieder hier in Affendorf angekommen und sofort zum Käferkrankenhaus gefahren. Der Arzt hat die drei untersucht, aber er meinte dann, keine Sorge, das kriegt er schon hin. Die drei sollen sich erst mal ausschlafen und baden, dann wird er sie reparieren. Und er hat ganz tolle Glasaugen in vielen Farben, damit die Katze wieder gucken kann.«

»Gut, dass Doktor Sechsbein im Käferkrankenhaus so schön nähen und flicken kann!«, sagt Max.

»Und Fräulein Summse und Schwester Brummeline helfen auch ganz doll und pflegen die Tiere dann gesund«, nickt Krötine eifrig. »Das hat Kasper mir erzählt.«

Max ist ganz still und denkt an den Tag zurück, als er nach Affendorf kam und auch erst mal gewaschen und geflickt wurde. Ans Waschen mag er sich nicht sooo gern erinnern, aber sonst war alles schön. Seit dem Tag hat er ein paar kleine karierte Flicken auf seinem Stoffpelz, und sein kaputter Fuß wurde von Doktor Sechsbein ganz toll wieder repariert.

»Weißt du, das machen wir seit vielen Jahren so«, erzählt Max. »Ein paar von uns fahren kurz vor Anbruch der Nacht los zu den Menschenstädten und versuchen, dort Stofftiere zu retten, die niemand mehr haben will. Doktor Sechsbein kennt das schon und hilft **immer**, wenn wir ihm Patienten bringen.«

»Du, Max«, will die Hündin dann wissen, »wenn ihr das schon oft gemacht habt – wo bleiben die vielen geretteten Tiere denn eigentlich?«

»Ach, ganz einfach«, antwortet Max. »Wenn sie gewaschen und im Käferkrankenhaus wieder geflickt sind, ziehen Teddys meistens nach Bärenbüttel weiter, und ein paar Affen wohnen in Kletterstädt. Aber viele wollen – wenn sie wieder sauber und heil sind – doch zurück zu Kindern. Auch alte Stofftiere kann man nämlich noch doll lieb haben. Und es sind ja auch nie die Kinder, die uns fortwerfen«, betont Max und hebt bedeutsam den Finger. »So was machen nur Erwachsene!«

»Und darum helfen wir – ich bin nächstes Mal ganz bestimmt wieder dabei!«, sagt Krötine.

»Toll!«, sagt Max. »Dann werden wir jetzt immer zusammen Tiere retten!«

Herr Herbst

Vorlesezeit: ca. 6 Minuten

Max und Kasper sitzen auf der Veranda von Maxens Baumhäuschen, hoch oben mitten zwischen den Ästen und Blättern. Eben haben sie ein großes Stück Bananentorte gegessen – »Nee, schreib' das mal gleich richtig auf«, merkt Kasper an: »Es waren zwei« – also gut, sie haben zwei Stücke Bananentorte gegessen – »Aber jeder nur eins!«, betont Max – okay, also noch mal: Jeder hat ein großes Stück Bananentorte gegessen, und nun schauen sie in die bunten Blätter rings um sie herum. Denn es ist Herbst in Affendorf.

Kasper hat seine Beine übereinandergeschlagen und will ein paar Stoffaffengedanken denken. Da zupft ihn jemand am Ärmel. Jemand? Nee – natürlich kann das nur Max sein.

»Kasper, schläfst du?«, fragt er.

›Na, das musste ja kommen‹, denkt Kasper. ›Kaum sitzt man mal ein bisschen, und es ist ruhig, und man denkt so vor sich hin, da kommt Max doch garantiert wieder mit so einer Maxenfrage um die Kurve.‹

»Kasper«, fragt Max noch einmal, »du schläfst doch nicht, oder?«

»Nein, Max, ich schlafe nicht«, antwortet Kasper. Und denkt: ›Na gut, wenn Max denn etwas wissen will, soll er doch fragen.‹

»Ich hab' da mal 'ne Frage …«, sagt Max nun tatsächlich, genau wie Kasper es erwartet hat.

»Na, mein Max«, sagt Kasper sehr freundlich, »was ist es denn?«

Max steht auf dem Geländer der Veranda und schaut hinüber zu den Ästen und Zweigen. »Kasper, da fallen so viele Blätter aus meinem Baum, und die sind alle so bunt. Gelbe und braune und rote … Und grad' eben hab' ich ein gestreiftes gesehen – woher kommt das denn?«

»Ganz einfach, Max«, antwortet Kasper, »das macht der Herbst.«

»Was macht Herr Herbst?«, fragt Max neugierig nach.

»Eigentlich heißt es ja **der** Herbst«, antwortet Kasper, »aber wenn du **Herr** Herbst sagst, ist das auch richtig. Der Herbst ist nämlich ein Künstler.«

»So einer wie neulich auf dem Marktplatz, der da auf so einem großen Dings rumgetuscht hat?«, möchte Max wissen. »Auf seinem Bild konnte man genau die Häuser sehen, die auch in Wirklichkeit am Marktplatz stehen.«

»Ja, ungefähr so. Das war ein Sachenmaler – der malt die Sachen genau ab, die er um sich herum sieht. Herr Herbst malt aber einfach **auf** die Blätter.«

»Aber der malt doch keine Häuser auf die Blätter.«

»Der Herbst ist ja auch kein Abmaler, er ist ein Anmaler. Er malt einfach so die Blätter an – irgendwie bunt, wie es ihm gerade in den Sinn kommt und wie er es schön findet.«

»Aber warum lässt er die Blätter denn nicht grün?«

»Sie müssen schwerer werden, damit sie runterfallen«, erklärt Kasper. »Darum tuscht er da dicke Farbe drauf. Und er ist so gerne Künstler und wünscht sich die Welt einfach hübsch bunt.«

»Dann macht er es ja wie Palmenhein mit den Häuschen hier in Affendorf«, meint Max. »Die malt er ja auch immer wieder an.«

»Ja«, bestätigt Kasper. »Nur dass Palmenhein sich um die Häuser kümmert und Herr Herbst um die Blätter.«

»Aber warum müssen denn die Blätter runterfallen?«, fragt Max weiter.

»Im Frühling wachsen auf allen Bäumen und Büschen neue Blätter«, erklärt Kasper. »Doch wenn dann die alten Blätter noch da wären, würden die Bäume bald so voll davon sein und immer schwerer werden, dass irgendwann die Äste abbrechen würden. Also müssen die alten Blätter herunter vom Baum, damit Platz für neue ist. Deshalb kommt Herr Herbst und malt ganz viel Farbe auf die Blätter, damit sie schwer werden und herabwehen.«

»Da hat er aber viel zu tun – es gibt ja wohl mehr Blätter auf den Bäumen als Zahlen, um sie zu zählen!«, stellt Max beeindruckt fest. »Wie schafft er das denn nur – hilft Palmenhein ihm dabei?«

»Nein, Palmenhein hat ja mit unseren Häuschen schon genug zu tun, wenn die immer neue Farben bekommen sollen. Ich glaube, Herr Herbst macht die Blätter ganz allein bunt. Er fängt sehr früh an und macht keine Pausen – so schafft er es dann. Aber es hat ihn noch nie jemand bei seiner Arbeit gesehen.«

»Der ist aber fleißig!«, stellt Max bewundernd fest. »Und alle Blätter sind verschieden bunt, keines gleicht dem anderen.

Da!«, ruft er und zeigt in die Äste, »da schwebt grad' ein knallrotes vorbei!«

Max schaut noch eine Weile in die schönen bunten Blätter rings um sein Baumhäuschen.

»Warum fallen denn nicht alle runter, die schon bunt sind?«, will er dann wissen.

»Vielleicht hat Herr Herbst da nicht genug Farbe draufgemalt, und sie sind noch nicht schwer genug. Aber dafür hat er ja seine Gehilfen.«

»Gehilfen? Wer sind die denn?«, ist Max nun neugierig.

»Manchmal kannst du sie sehen – die Eichhörnchen«, verrät Kasper. »Die hüpfen so wild in den Bäumen herum, dass die Äste und Zweige wackeln, und dann fallen gleich noch einmal so viele Blätter herab. Und der Wind – der alte Pusterich – hilft auch und bläst die Blätter in die Tiefe.«

»Und unten werden die Blätter dann zu einem dicken bunten Teppich!«, freut sich Max. »Manchmal nehme ich ein besonders schönes Blatt mit hier herauf in mein Häuschen und lege es auf den Küchentisch.«

Max schaut noch eine Weile, wie die Blätter langsam in die Tiefe segeln. Hin und wieder pustet ein Windstoß gleich ganz viele von den Zweigen und wirbelt sie davon.

»Komm, Max, wir gehen rein. Der Herbstwind wird doch ziemlich kühl«, meint Kasper.

Max nickt. Dann dreht er sich noch einmal um, schaut auf die Blätter und ruft laut: »Herr Herbst, Sie sind ja ein ganz toller Anmaler. Über Ihre bunten Farben freuen wir uns alle sehr!«

Rettet Fridolin!

Vorlesezeit: ca. 14 Minuten

Alles weiß. Kasper reibt sich die Augen und schaut aus dem Fenster. Draußen ist alles weiß, so weit er sehen kann. Die Bäume. Die Häuser. Die Straßen und Wege. Es schneit. Und bei jeder Schneeflocke überlegt Kasper, wie sie oben aus dem Himmel fällt und langsam zur Erde herabschwebt. ›Überall wirbeln diese Dinger herum – ganz Affendorf ist damit schon zugedeckt‹, denkt er. ›Ob auch die Bananenstauden in Afrika im Winter voller Schnee liegen?‹

»Bananen!«, ruft er da plötzlich laut vor sich hin. Jetzt fällt es Kasper ein: »Bananen! Ich brauche doch noch Bananen – mein Vorrat ist alle!« Gestern waren Hopsi und Picobello bei ihm zu Besuch, und zusammen haben sie alle leckeren Früchte aufgegessen.

›Rasch!‹, denkt Kasper, ›Es ist schon spät. Herr Zitronenbaum macht seinen Laden gleich zu!‹ Geschwind zieht er seine dicke Winterjacke an und flitzt hinaus. »Hoffentlich schaffe ich es noch«, brummt er vor sich hin, während er durch die Straßen von Affendorf rennt. Draußen ist es sehr glatt – nicht hinfallen, Kasper, lauf vorsichtig! »Nur noch um diese Ecke«, schnauft er, »dann bin ich da!«

Doch plötzlich bleibt Kasper wie angewurzelt stehen.

Max.

Da ist Max.

Der steht im Schneetreiben vor den Auslagen des Obstladens, einen dicken Schal um den Hals. Aber komisch: Max schaut sich die Früchte gar nicht an, was er sonst immer so gern tut. Ganz gedankenversunken guckt der kleine braune Stoffaffe das kleine grüne Auto an, das vor dem Laden steht und in dem Kinder mitfahren können. ›Na ja, fahren‹, denkt Kasper, ›das wackelt und schaukelt ja nur, wenn jemand auf den Knopf drückt, und dann spielt es ein kleines Lied. Und überhaupt: Eine Lampe ist kaputt, die Farbe schon ein bisschen abgeschrammt, und die kleine Melodie klingt doch arg eierig.‹

Max bemerkt seinen Freund gar nicht, als Kasper schnell in den Laden schlüpft und sich drinnen recht leckere Bananen und anderes Obst aussucht. »Das soll wohl für das Wochenende reichen«, sagt Kasper zum Früchtemann.

Als Kasper wieder auf die Straße kommt, ist Max fort. Herr Zitronenbaum zieht das Kabel aus der Steckdose und schiebt das kleine Auto in seinen Laden. Dann knipst er das Licht aus und schließt die Tür ab – Feierabend.

Gerade, als Kasper mit seinen Früchten zu Hause angekommen ist, klingelt sein Bananofon.

»Kasper?«, hört er am anderen Ende eine dünne Stimme fragen.

»Ja, Max …«

»Kasper, ich muss dich mal was ganz, ganz doll Wichtiges fragen …«, sagt Max.

»Klar, Kumpel – frag'!«, antwortet Kasper.

»Wir sind doch Freunde …«, fängt Max seine Frage etwas umständlich an.

»Klar, Max, jetzt und gestern und morgen«, sagt Kasper.

»Und auch noch in fernen Jahren …?«, will Max wissen.

»Versteht sich doch von selbst – wir sind Freunde für immer!«, antwortet Kasper.

»… ganz, ganz gute Freunde …?«

»Na, sicher, Max – gutiger geht nicht!«, versichert Kasper.

»Und bist du … bist du böse auf mich, wenn ich auch noch … andere Freunde habe?«, will Max wissen.

»Ach wo«, lacht Kasper. »Es ist doch schön, wenn man mehrere Freunde hat!«, sagt er dann. »Hopsi und Maunzerle und Krötine und Wuff – alles deine Freunde.«

»Und Tröti und Picobello und Palmenhein auch. Aber weißt du«, druckst Max nun ein wenig herum, »… weißt du … du weißt doch so viel. Kann man nur mit Tieren befreundet sein?«

»Na ja, meistens sind es schon Tiere, mit denen wir befreundet sind – das stimmt«, antwortet Kasper. Dann überlegt er kurz. »Aber manchmal kann auch ein Baum ein Freund sein. Oder so …«

»Aber ist es denn nicht komisch, wenn dieser ›Oder so‹ ganz anders ist?«, möchte Max wissen.

»Ganz anders? Das ist ganz egal!«, versichert Kasper. »Das einzige, was zählt, ist die Freundschaft und dass man zusammenhält – es ist völlig schnurz, was andere denken.«

»Und findest **du** es doof, wenn ich vielleicht noch einen ganz, ganz anderen Freund habe?«, fragt Max und scheint ein bisschen verlegen zu sein.

»Einen ganz, ganz anderen Freund?«, fragt Kasper und

grinst. »Also so etwas wie eine Salatgurke oder ein Käsekuchen? Na, ich weiß nicht, ob so eine Freundschaft noch lange hält, wenn man Hunger bekommt …«

»Oll doll, Kasper! Du sollst mich nicht immer anführen! Mir ist das ganz, ganz wichtig!«, ruft Max böse und schüttelt seine kleine Faust.

»Ich dich anführen? Keine Spur«, sagt Kasper. »Na, wer ist es denn, dein besonders anderer Freund?«, fragt er dann mit weicher Stimme.

»Es ist … ein … ein kleines … Auto«, stammelt Max da ganz aufgeregt.

Kasper muss grinsen. **Das** Auto kennt er. Es steht vor dem Obstgeschäft von Herrn Zitronenbaum, und ab und zu fahren Kinder damit. Na, fahren – sie tun so. Eine Melodie erklingt, das kleine Auto wackelt dann ein wenig hin und her, und manchmal tutet es auch ein bisschen. Und der Max steht da immer eine ganze Weile und scheint tief in seine Gedanken zu versinken.

»Meinst du das … vor dem Obstgeschäft?«, fragt Kasper.

Max nickt ganz heftig, auch wenn Kasper das am Bananofon ja gar nicht sehen kann. »Es heißt Fridolin«, erzählt er dann ganz aufgeregt. »Und … und wenn es mich kommen sieht, tutet es immer – ganz leise. Ich glaube, es freut sich! Heimlich – ganz heimlich, wenn niemand uns zuschaut – setze ich mich hinein auf die kleine Bank hinter dem Steuer. Und manchmal – ganz manchmal – fängt Fridolin an zu wackeln und zu brummen. Dann fahren wir in die Welt hinaus. Na, das spiele ich dann jedenfalls. Und ich erzähle Fridolin, was man draußen in der Welt alles sehen kann. Ich weiß das

ja ein bisschen aus Büchern und so, und aus deinen Geschichten. Und Fridolin freut sich dann immer und tutet.«

Kasper muss ein wenig lächeln. Er weiß, dass Herr Zitronenbaum manchmal auf den Knopf drückt, wenn er sieht, dass Max sich ganz vorsichtig in das kleine Auto setzt. Dann wackelt es ein wenig, es brummt, und auch tuten kann es ganz allein. Der nette Herr Zitronenbaum!

»Ich glaube, das Auto ist mein Freund«, sagt Max dann. »Nein, ich glaub' das nicht nur – Fridolin **ist** ganz doll mein Freund. Und morgen, das habe ich ihm versprochen, morgen, da fahren wir zum Nordpol.«

Am nächsten Tag geht Max ganz früh zum Obstladen von Herrn Zitronenbaum. Er freut sich schon sehr darauf, mit Fridolin zum Nordpol zu fahren. Nun ja, Max hat eigentlich gar keine Ahnung, wo und was das eigentlich ist, so ein Nordpol. Aber gemeinsam werden sie ihn schon finden. Max und sein Fridolin.

Doch als er um die Straßenecke biegt, ist da – nichts. Oh

große Not! Fridolin ist fort! Ganz aufgeregt rennt Max in den Laden zum Obsthändler.

»Herr Zitronenbaum, Herr Zitronenbaum, wo ist denn Fridolin???«, ruft er ganz aufgeregt.

»Wenn du das kleine Auto meinst – das haben vorhin ein paar Männer abgeholt«, sagt Herr Zitronenbaum. »Sie sagten, die Farbe ist ja schon ganz abgeschrammt, eine Lampe ist kaputt – da mag doch gewiss kein Kind mehr drinsitzen.« Wohin sie es gebracht haben, weiß der Obstmann nicht.

Ganz traurig geht Max aus dem Laden. Dicke Tränen rollen aus seinen Augen. Wo soll er denn nun hin, ohne seinen Fridolin? Langsam macht er sich auf den Weg nach Hause. Nach Hause – da will er eigentlich gar nicht hin, aber irgendwo hin muss er ja schließlich gehen.

Kasper sieht noch, wie Max vom Laden fortgeht. Ganz langsam und betrübt trottet sein kleiner brauner Freund dahin. Und Herr Zitronenbaum erzählt dann auch Kasper, dass Fridolin fort ist und wohl weggeworfen werden soll.

›Oje, das geht aber gar nicht!‹, denkt Kasper. ›Max braucht doch seinen Fridolin! Den müssen wir zurückholen.‹

Schnell trommelt er die Freunde zusammen – und alle kommen. Palmenhein, Maunzerle, Hopsi – und da flitzen auch schon Wuff und Krötine und die Ecke.

»Leute, Fridolin ist verschwunden«, erklärt Kasper. »Und Max ist ganz traurig. Wir müssen das kleine Auto wiederfinden. Sucht also sehr, sehr gründlich und schaut überall nach. Irgendwo muss Fridolin ja abgeblieben sein.«

Alle nicken. »In einer Stunde kommen wir wieder zusammen – und nun los!«, ruft Kasper. Maxens Freunde rennen hinaus in die winterlichen Straßen und machen sich auf die Suche.

Aber es ist vergebens. Sie frieren an den Nasen, und sie frieren an den Händen; dicker Schnee liegt auf ihren Mützen und auf Wuffs Fell. Aber haben sie denn den Fridolin entdeckt?

Nein – sagt Palmenhein enttäuscht.

Keine Spur – sagt Hopsi traurig.

Nichts – brummt auch Wuff und lässt den Kopf hängen.

So gern hätten sie ihrem Freund Max geholfen, dass er wieder fröhlich sein kann …

Da hören sie ein fernes Bellen, das rasch lauter wird – es ist Krötine von Rennewitz, die liebe Hündin. »Wau, wau!«, bellt sie – ganz außer Atem. »Ich habe Fridolin gefunden!«, ruft sie freudig, als sie wieder Luft schöpfen kann. »Er liegt im Straßengraben, gar nicht weit von hier. Fast hätte ich ihn übersehen, weil schon viel Schnee auf ihn heruntergerieselt ist. Aber ich konnte ihn natürlich riechen«, sagt sie und zeigt mit der Pfote auf ihre schwarze Nase.

»Der ist den Männern bestimmt in der Kurve vom Laster gepurzelt«, vermutet Picobello.

»Vielleicht wollte er ja nicht von hier fort …«, überlegt Hopsi.

»Los, Leute, wir holen ihn!«

Schnell laufen die Freunde zur Landstraße nach Kletterstädt. Und tatsächlich: Da liegt das kleine Auto unten im Graben, alle vier Räder ragen in der Luft. Maxens kleiner, grüner Fridolin …

»Ui, wie sollen wir den denn da wieder rausholen?«, sagt Palmenhein und kratzt sich am Kopf. »Der ist doch sehr, sehr schwer …«

»Ach«, meint Picobello, »wenn wir alle anpacken, wird das gehen. Gemeinsam ist vieles leichter …«

»Also los!«, ruft Kasper. »Alle zugleich!« Mit vereinten Kräften ziehen sie Fridolin aus dem Graben. Gar nicht so einfach, denn im tiefen Schnee ist es sehr glatt. Aber zusammen schaffen sie es.

Das kleine Auto steht nun zwar auf seinen Rädern – aber richtig fahren kann es ja nicht. Also packen alle wieder an – Krötine und Wuff ziehen vorn; Palmenhein, Hopsi und Maunzerle schieben hinten. Langsam, ganz langsam bringen sie Fridolin zurück nach Affendorf.

Und dann steht das kleine grüne Auto unter Maxens Baum und tutet laut.

Max sitzt oben in seinem Baumhäuschen am Küchentisch. Ganz traurig malt er mit seinem Tuschkasten. Ein Auto – seinen Fridolin. »Ich muss ihn aufmalen, damit ich nie vergesse,

wie er aussieht«, murmelt er betrübt vor sich hin. Und er tupft noch mal ganz viel grüne Farbe auf das Blatt Papier.

Doch plötzlich hört er was – und will seinen Ohren nicht trauen. Ist das nicht ein Tuten???

Unten tutet Fridolin noch einmal.

Max rennt zum Fenster und schaut hinaus: Hurra, da steht sein Freund, das kleine Auto! So rasch er kann, klettert Max die Leiter hinab. Er springt das letzte Stück mit einem großen Satz hinunter in den Schnee und lacht und lacht vor Freude.

Auch Maxens Freunde sind froh. Sooo eine große Freude haben sie ihm gemacht!

»Kasper, Maunzerle, Palmenhein!«, ruft Max laut jubelnd. »Wo habt ihr Fridolin denn her?«

»Ach«, sagt Kasper, »weißt du ja. Den wollten sie auf den Müll werfen, weil die Farbe zerkratzt ist. Unterwegs ist er den Männern vom Laster gefallen – Krötine hat ihn gefunden. Mit gemeinsamen Kräften haben wir ihn hergebracht. Wuff hat auch sehr geholfen.« Die liebe Hündin und der Rüde stehen da und wedeln mit ihren Schwänzen.

»Mein Fridolin«, sagt Max gerührt und streicht mit seiner kleinen Hand über das Blech. »Wir haben ja schon so viel erlebt – na, jedenfalls aus Spaß. Aber es war immer schön!«

Fridolin tutet leise, als wolle er Ja sagen.

»Und was jetzt?«, fragt Max.

»Nun«, antwortet Kasper, »nun bleibt Fridolin immer bei dir. Wir räumen einfach deinen Schuppen auf, da kann er drin wohnen. Bei schönem Wetter schieben wir ihn hinaus, und du kannst dann mit ihm herumfahren – na, so aus Spaß.«

»Und bei schlechtem Wetter«, meint Max strahlend, »kann ich ja zu ihm in sein Häuschen gehen. Dann setze ich mich hinein, und bestimmt spielt er dann sein kleines Lied.«

Alle lachen vor Freude.

»Na, komm, mein Fridolin«, ruft Max dann dem kleinen Auto zu. »Komm erst mal in den Schuppen.« Und ganz leise, so dass nur Fridolin es hört, sagte er noch: »Zum Nordpol können wir dann immer noch fahren.«

Max und Kasper aus Affendorf
Das Hörbuch

Die Abenteuer aus Affendorf gibt es auch zum Selberhören – hier bekommen Kasper und Max, Krötine, Tröti und ihre Freunde eine Stimme und erzählen ihre Erlebnisse selbst. Das Hörbuch enthält alle 12 Geschichten aus »Max und Kasper aus Affendorf«.

Max und Kasper aus Affendorf
Das Hörbuch
1 CD: 9,95 €, ISBN 978-3-948579-01-2
Mehr Infos: www.tulamedia.de

Hölzleins abenteuerliche Reise
Eine Affendorf-Geschichte

Eines Tages stößt Kasper im Garten auf Hölzlein – ein kleines Karussell-Zebra, das ausgerissen ist und die Welt erkunden will. Doch schon bald hat das gestreifte Holztier Sehnsucht nach dem Jahrmarkt. Keine Frage: Hölzlein muss zurück zu seinen Leuten – aber die sind verschwunden! Und so brechen Max, Kasper und Krötine von Rennewitz zu einer abenteuerlichen und gefahrvollen Reise auf, um das kleine Zebra sicher zu seinem Karussell zurückzubringen.

Diese neue Affendorf-Geschichte erscheint im Frühjahr 2020.